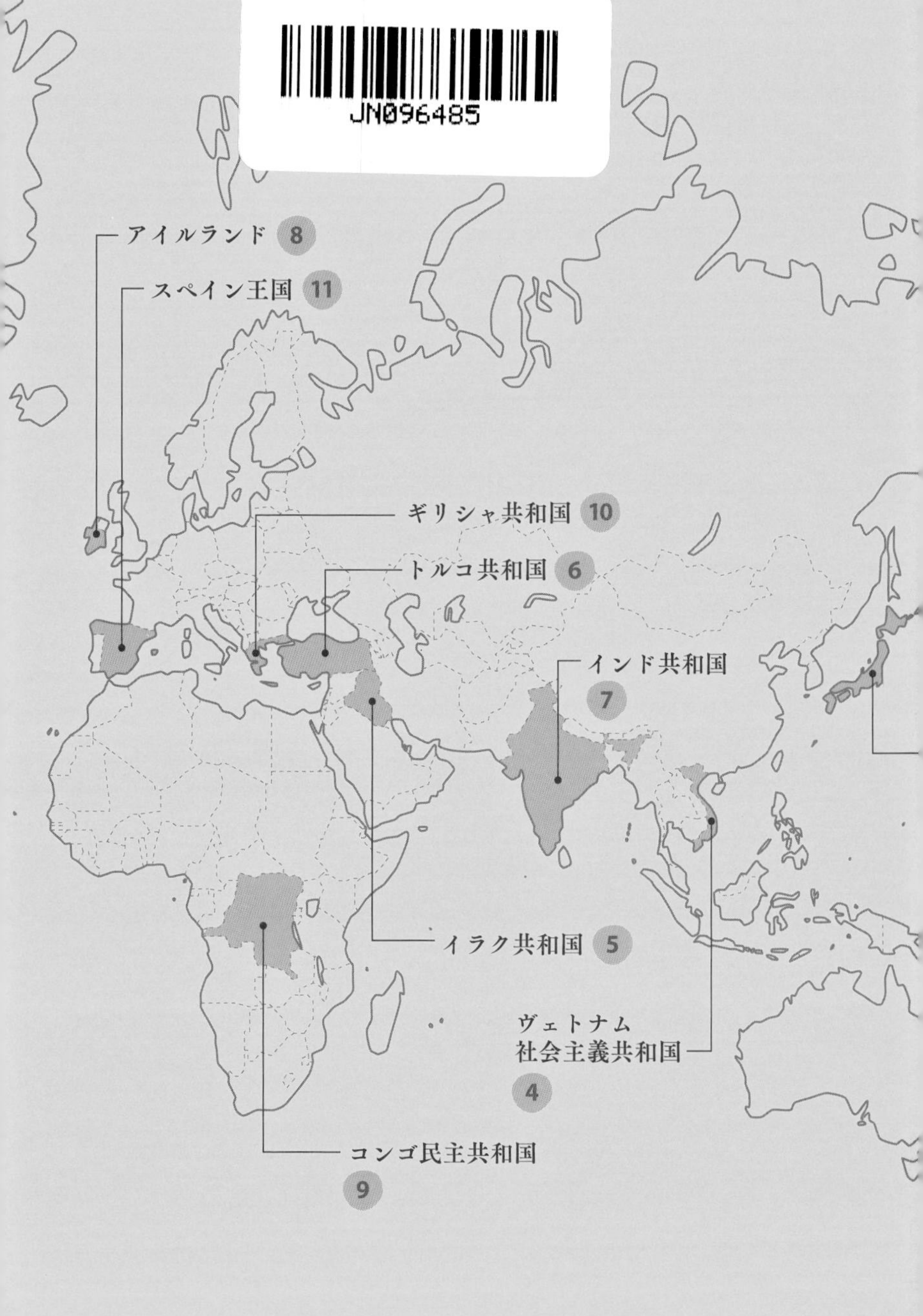

アイルランド 8
スペイン王国 11
ギリシャ共和国 10
トルコ共和国 6
インド共和国 7
イラク共和国 5
ヴェトナム社会主義共和国 4
コンゴ民主共和国 9

あなたの国では

What's It Like Where You Live?

Rui Kodemari
小手鞠るい

さ・え・ら書房

あなたの国では

もくじ

プロローグ
——肘掛《ひじか》け椅子《いす》で旅に出よう

みなさん、はじめまして。

ぼくの名前は、有海旅人《ありうみたびと》といいます。

職業《しょくぎょう》は、旅行作家です。「トラベルライター」とも呼《よ》ばれています。

トラベルは旅、ライターは物書き。

国内、外国のいろいろなところへ旅をして、旅先で目にした風景、食べた料理、体験したできごと、驚《おどろ》き、喜《よろこ》び、発見など、そして、旅先で耳にした音楽、読んだ文学、観《み》た映画《えいが》、絵画、出会った動植物や人々について書きつづり、雑誌《ざっし》の記事や一冊《さつ》の本にして、みなさんに届《とど》けることがぼくの仕事です。

そう、ぼくは名前のとおり「旅をする人」なのです。

子どものころから、旅行と作文が大好きでした。

いつも「行ったことのないところへ行きたい」と、思っていました。

だれかの話を聞くのも好きだし、聞いたことを書くのも得意《とくい》でした。

だから、今のこの仕事を、ぼくはとても気に入っています。


さて、これからみなさんにお目にかけるのは、2010年代の初めごろから、五、六年をかけて、さまざまな国や町や村を旅しながら、そこで出会った人たちから聞いた話をまとめたインタビュー集です。

日本をスタート地点にして、世界のあちこちを巡《めぐ》りながら、最後は、アメリカを経《けい》由《ゆ》して日本へ戻《もど》ってくる、という計画を立てました。

地球を一周することになるので、タイトルは『地球人インタビュー』とつけました。

きっかけは、家の近所に住んでいる親戚《しんせき》の男の子のこんな発言でした。

ぼくの家に遊びに来た彼《かれ》が会話のとちゅうで、ふと、こんなことを言ったのです。

「こういうことって、ほかの国では、どうなっているのかなぁ」

ぼくも、その答えを知りたいと思いました。

ほかの国では、どうなっているのか。

ぼくの国ではこうなっているけれど、あなたの国ではどうですか。

日本では当たり前だと思われていることだって、もしかしたら、ほかの国では、そうではないのかもしれない。

ある国では正しいとされていることが、別の国では間違《まちが》っているのかもしれない。

けれど、どんな国に住んでいる人たちにも、きっと、共通の願いがあり、同じひとつの思いがあるのではないか。

だとしたら、それはなんだろう。

この問いかけに対する答えを見つけるために、ぼくは長い旅に出ることにしたのです。

インタビューをした人の数は、数え切れないほど多かったのですが、みなさんには、合計十七人の話をご紹介《しょうかい》したいと思います。

なぜ、十七人なのか。

これについては、この本のどこかに答えが出てきますから、見つけてください。

みなさんは「アームチェア・トラベラー」という言葉を知っていますか。

アームチェアは肘掛《ひじか》け椅子《いす》、トラベラーは旅行者。

つまり、アームチェア・トラベラーとは、肘掛《ひじか》け椅子《いす》に腰《こし》を下ろしたまま、世界中を旅する人のことなのです。

さあ、あなたも、アームチェア・トラベラーになってください。

肩《かた》の力を抜《ぬ》いて、ゆったりした気持ちで、読んでください。

想像力《そうぞうりょく》の翼《つばさ》を広げて、ぼくといっしょに世界中を旅しましょう。

そして、あなたの旅が終わったあとで、また会いましょう。

あなたが無事、最後のページまでたどりつけますように。

1

たくましいお姫《ひめ》様《さま》とやさしい王子様

高木《たかぎ》大地《だいち》（日本・12歳《さい》）

——高木《たかぎ》くんは、家の近所に住んでいる親戚《しんせき》の男の子。プロローグでも紹介《しょうかい》したように、彼《かれ》の発言がきっかけになって、この本を書きたいと思うようになった。「こういうことって、ほかの国では、どうなっているのかなぁ」の「こういうこと」とは？

ぼくは小学六年生です。神奈川県《かながわけん》にある小学校に通っています。

妹がふたりいます。双子《ふたご》の妹で、名前は「空《そら》」と「海《うみ》」です。

1　たくましいお姫様とやさしい王子様
高木大地

ぼくの名前は「大地《だいち》」なので、ぼくたち三人は「地球きょうだいだね」と、お父さんは言っています。

地球きょうだい。どうですか、かっこいいでしょ。

妹たちは、ぼくと同じ小学校の、二年生です。

空ちゃんは算数と理科が得意《とくい》で、海ちゃんは体育と音楽が得意。

双子《ふたご》だから、顔はよく似《に》ているけれど、性格《せいかく》はあんまり似ていないんです。

空ちゃんは髪《かみ》の毛が長くて、ピンク色の洋服が大好きで、いつもお姫様《ひめさま》みたいなファッションをしています。かわいいものが大好き。犬と猫《ねこ》が好き。

海ちゃんは髪《かみ》の毛が短くて、黒やブルーの洋服が好きで、いつもカウボーイみたいなかっこうをしています。動物が大好き。とくに、猛獣《もうじゅう》が好き。

空ちゃんは、たくましくて、勇敢《ゆうかん》で、とっても気の強い女の子。

海ちゃんは、気がやさしくて、いつもまわりの人たちに親切《しんせつ》で、クラスの人気者。

ふたりを主人公にして童話を作ったら、そのタイトルは「たくましいお姫様《ひめさま》とやさしい王子様」になります。

ぼくの得意《とくい》な科目は、国語です。作文を書くのも得意です。

本を読むのも大好きです。好きな作家は、星野道夫《ほしのみちお》さんと、サン＝テグジュペリと、夏目漱石《なつめそうせき》です。作文コンクールや、読書感想文コンクールで、優秀賞《ゆうしゅうしょう》や最優秀賞《さいゆうしゅうしょう》をもらったことが何度もあります。

「大地は大きくなったら、作家になれるよ」と、お母さんは言っています。

でも、ぼくがあこがれている仕事は、作家ではありません。

ぼくは大きくなったら、お母さんみたいに、会社の社長になりたいんだ。

だって、うちのお母さん、ものすごくかっこいいんだもん！

あ、でもこれは、お母さんにはないしょ。なぜならお母さんはぼくに「会社だけが人生じゃないよ」って言っているからです。大地には大地にしかできない生き方をしてほしい、って。

お父さんもおんなじようなことを言います。「一生けんめい勉強して、いい大学に入って、有名な会社に入ることだけが人生の成功じゃないんだよ」って。

じゃあ、どういうのが成功なんだろう。

人生って、成功するってことがそんなに大事なのかな。

ぼくにしかできない生き方って、どういう生き方なんだろう。

それについてはまだ、よくわかりません。


ときどき、妹たちの宿題を手伝ってあげます。

このあいだ、妹たちから頼《たの》まれて、宿題のプリントを見てあげました。

漢字のプリントです。

空ちゃんも海ちゃんも「ちょっと変だよ、これ」っていう問題があったのです。

どんな問題だったのかというと、上のほうに小さな絵が描《か》いてあって、その下には四角形があって、絵を表している言葉を、四角のなかに書きこむ、という問題です。

一文字は漢字を使うこと、という指示《しじ》もあります。

第一問の絵は、ビジネスーツを着た男の人が、書類か何かをかかえて、さっそうと歩いている絵です。

第二問の絵は、エプロンすがたで、料理をしている女の人の絵です。

第三問の絵は、バットを手にして、野球をしている中学生くらいの男子。

第四問の絵は、ソファーに座《すわ》って、編《あ》み物《もの》をしている高校生くらいの女子。

第五問の絵は、しわしわの顔をした、よぼよぼの男の人と女の人が公園で、ひなたぼっこをしている絵です。

なぁんだ、かんたんじゃーん。

ぼくにはすぐに、正解《せいかい》がわかりました。

第一問の答えはお父さんで、第二問の答えはお母さん
第三問の答えはお兄さんで、第四問の答えはお姉さん
第五問の答えはお年より
教えてあげると、空ちゃんと海ちゃんは声を合わせて「ブーッ」と言います。

「お兄ちゃん、そんなの、ブーッだよ」

「そう、絶対《ぜったい》ブー、絶対へん！」

ブーッの意味は「まちがっているぞ！」です。

ふたりとも、くちびるを突《つ》き出《だ》しています。

うんうん、ふたりに言われなくたって、実はぼくにだって、わかっています。なぜって、うちの家では、第一問の答えは母で、第二問の答えは父で、ぼくは兄だけど、野球はあんまりしないから。

うちのお父さんは、ぼくが生まれる前から、家事も育児も自分が中心になってやってきました。料理もじょうずだし、そうじ、洗濯《せんたく》、スーパーへ買い物に行くのも、うちではお父さんです。そんなお父さんをぼくは尊敬《そんけい》しています。

その夜、お父さんが作ってくれたおいしいごはんを、みんなで食べているとき、ぼくは両親に、このプリントの話をしてみました。

お母さんは、ため息をつきながら、言いました。

「そうなの、なさけないわね。小学校ではまだ、そんなことを教えているのね」

すると、お父さんは、こう言いました。

「絵が古いね。ジダイサクゴもいいところだ。小二の子に、男女差別の押《お》しつけや、コテイカンネンの刷りこみをするのは、やめてほしいね」

ジダイサクゴ、コテイカンネンという言葉は、すぐには意味がわからなかったので、あとで、国語辞典で調べてみました。

時代錯誤《じだいさくご》＝すでに時代は変化しているのに、昔の時代の考え方ややり方にこだわっていること。

固定観念《こていかんねん》＝多くの人が、これはこうであると、思《おも》いこんでいる考え方。

お父さんの言ったとおりだと思いました。

妹たちのプリントを見ながら、ぼくが考えたことは、なんでも、これはこうだって、一方的に決めつけるのは、良くないってこと。

それでも、空ちゃんと海ちゃんは、第一問には「お父さん」と書き、第二問には「お母さん」と書き、第三問と第四問には「お兄さん」「お姉さん」と書いて、出しました。

数日後、先生から返ってきた答案用紙には、赤ペンで大きく、丸がついていました。

うちの家とはぜんぜん違《ちが》うけど、テストではこれが正解《せいかい》なのです。

第五問だけには、バツがついていました。妹たちの書いた答えは「ひまな人」でした。これには「ブーッ」と、笑ってしまいました。

世の中には、社会に出て仕事をしているお母さんもいるし、家で家事をしているお父さんもいるし、野球をしない男の子や編《あ》み物《もの》をしない女の子もいます。

たくましいお姫様《ひめさま》がいて、やさしい王子様がいるのと同じように。

公園でのんびり、ひなたぼっこをしているお年寄《としよ》りじゃなくて、社会でばりばり働いて活躍《かつやく》しているお年寄りだっています。

こういうことって、ほかの国では、どうなっているのかなぁ。

ほかの国でもやっぱり、お姫様《ひめさま》はおしとやかで、やさしくて、王子様はたくましくて、勇敢《ゆうかん》なんだろうか。お父さんは会社で働いていて、お母さんは家でそうじや洗濯《せんたく》や料理をしているのかなぁ。

あともうひとつ、ぼくが知りたいと思っていること。

これは違《ちが》うんだけどなぁと思いながらも、テストで満点を取るためには、本音とは違《ちが》う答えを書かないといけないのか。

こういうことって、ほかの国ではどうなっているんだろう。

◆あなたの好きな木は？

柏《かしわ》の木。葉っぱの形がおもしろい。秋の終わりに、どんぐりをいっぱい落とします。地面に落ちたどんぐりから、雨降《あめふ》りのあと、すぐに根が生えてくる。たった一個《こ》のどんぐりから、長い時間をかけて成長して、大木《たいぼく》になっていく。とてもたくましい木。葉っぱはとてもやさしくて、夏にはぼくらのために、すずしい木陰《こかげ》を作ってくれる。柏の木の葉っぱに包《つつ》まれている「かしわ餅《もち》」は、ぼくの大好物。だれがかしわ餅を作ってくれるのかって？　もちろん、お父さんです。

2 子どもたちは虹色《にじいろ》の卵《たまご》。たいせつに温めなあかん。

菊池《きくち》カエデ（日本・95歳《さい》）

――菊池《きくち》さんを紹介《しょうかい》してくれたのは、高木《たかぎ》くんのお母さん。「たくましいお姫様《ひめさま》の話を聞きたかったら、ぜひこの人を訪《たず》ねて。彼女《かのじょ》はその代表です」と言って。高木くんの話にも出てきた、社会でばりばり働いて活躍《かつやく》しているお年寄《としよ》りの話を聞かせてもらうために、新幹線《しんかんせん》と電車を乗《の》り継《つ》いで、関西の町まで出かけていった。

あと五年ほどで、百歳《さい》や。ほんまによう生きてきたなぁと思う。

ついこのあいだまで、少女やったのに、ふと気がついたらおばあちゃんや。

人生は短い。

つかのまの夢《ゆめ》のごとし。

あとはこの人生をどう終わらせるか。

なぁんてことを、公園のベンチに座《すわ》って、ひなたぼっこしながら、ぼーっと考えている、そんな暇《ひま》は、うちにはありません。

うちの人生、まだまだこれからや、思うてます。

年寄《としよ》りやからいうて「あれができん、これもできん」なんて、うちは言いたくないし、実際《じっさい》にできないことがあっても、そのかわりに、高齢者《こうれいしゃ》やからこそ「これができる。あれもできる」いうことをやっていかなあかん、そう思うてます。


生まれたんは、京都《きょうと》と大阪《おおさか》のちょうどあいだにある小さな町で、時代は大正《たいしょう》。

女学校を卒業したあと、看護婦学校《かんごふがっこう》に入って勉強して、看護婦になりました。

当時はね、看護師《かんごし》のことを「看護婦《かんごふ》」と呼《よ》んどった。なんとなれば、看護の仕事をするのは、ほぼ女性《じょせい》に限《かぎ》られとったからね。言いかえると、当時の女性が就《つ》ける仕事いうのがひじょうに限《かぎ》られていて、その少ない仕事のひとつが看護婦やったんです。ご存《ぞん》じかと思いますが、2002年からは呼《よ》び名《な》が「看護師《かんごし》」になりましたね。まあ、これは言葉が変わっただけやけどね、それでも、男も女も「看護師」いうことで、すっきりしました。

うちは、早くに両親を亡《な》くして、そのあとは親戚《しんせき》のおばちゃんに育ててもらったこともあって、とにかく早く独《ひと》り立《だ》ちせなあかん、という意識《いしき》が強かったんですね。一生できる仕事をしたい、そう思うてました。少女時代から。

仕事いうのは「事に仕える」いうことですやろ。どうせ、何かに仕えるのなら、人のために、世の中のために、役に立つようなことに仕えたい。看護婦《かんごふ》なら、それができる。それに、看護婦いう仕事は、どんなに時代が進んでも、なくならへんから、これは死ぬまでできる仕事やと思うて、いや、まあ、そんなのはあとから考えた理屈《りくつ》で、正直なところ、看護婦さんのあの制服《せいふく》、白衣の天使にあこがれとったんですわ。わははははは。

そんなこんなで看護婦《かんごふ》になって、太平洋戦争中にはね、傷《きず》ついた兵隊さんの看護もさせてもらいましたよ。海軍の兵隊さんが次から次へと運びこまれてきてね、なかには、手足のちぎれた人もおってな、一度、体から離《はな》れた人間の片腕《かたうで》を持ちあげたこともあるけど、ずしりと重かったわ。銃弾《じゅうだん》でお腹《なか》に穴《あな》があいたまま、それでも生きようとして、もがいている人とか、頭の一部がなくなっている人とかね。軍医さんはそういう患者《かんじゃ》の胸《むね》に手を当てて、けんめいに心臓《しんぞう》マッサージをするんです。それを補助《ほじょ》するのがうちの仕事やった。

戦争はあかんな、あんなもんしたら、絶対《ぜったい》にあかん。

かわいそうやった。まだ少年みたいな顔つきの若《わか》い兵隊さんが必死で痛《いた》みをこらえながら、うちの手をぎゅううううっと握《にぎ》ってな「おかあちゃん、助けて」言うて、死んでいくのをどれだけ看取《みと》ったか。「天皇陛下万歳《てんのうへいかばんざい》」なんて言う人は、ひとりもおらへんかった。

ああ、でも、こんな話をしても、暗い気持ちになるだけやし、やめとこ。

もっと明るい未来の話をせんと。

十代からずっと看護婦《かんごふ》で、五十代で看護婦長まで行って、これはまあ、看護婦界の管理職《かんりしょく》みたいなものやけど、要は、それなりに偉《えら》くなったちゅうことや。わははははは。

その後、八十代になってから、いよいよ現役《げんえき》から引退《いんたい》したんやけど、ありがたいことに、知りあいの方からお声をかけていただいて、子どもたちが入院している小児科の専門病院《せんもんびょういん》で仕事をさせてもらうようになって、今に至《いた》ります。

八十代で再雇用《さいこよう》。一介《いっかい》の看護婦《かんごふ》で始まったうちの人生を、また一介の看護師《かんごし》で終わらせられる。これは幸せなことやと思うてます。

結婚《けっこん》は、一度もせえへんかった。好きな人はおったけど、戦争へ行かされてな、どこでどうなって死んだのかもわからんまま死んで、というか、お国に殺されて、帰ってこんかった。

ずっとひとりで生きてきました。

でも人間、生まれたときもひとり、死ぬときもひとり、結局、基本《きほん》は「ひとりなんやな」って思うてます。家族がおっても、友だちがおっても、人間はひとり。違《ちが》いますか。

ひとりで、ひとつの「事」に仕える、たったひとつの人生。

生きる、とはそういうことやないかと思うてます。

子どもたちはな、それはもう、ものすごくかわいいよ。

うちが病室へ顔を出すとな「おばあちゃん、よう来てくれたな」言うてくれます。みんな、うちが行くのを待っててくれてるみたい。病院長さんからも「菊池《きくち》さんが来てくれるようになってから、子どもたちが生き生きして、明るくなった」言われて、喜《よろこ》ばれてます。

そりゃあ、そうでしょう。こんなしわくちゃのおばあちゃんが一生けんめい、仕事をしているすがたを見てたら、子どもたちだって「がんばって生きてやるわい」いう気が起こるもんです。

子どもたちは虹色《にじいろ》の卵《たまご》。たいせつに温めなあかん。卵《たまご》がかえったら、どんな色の羽を持った、どんな鳥になって、世界へ羽ばたいていくのか。

われわれ大人たちのするべきことは、未来の宝物《たからもの》である子どもたちを、たいせつに、たいせつに、育てていくこと。違《ちが》いますか。

子どもひとりひとりに、生きていく権利《けんり》いうもんがあります。子どもの権利《けんり》をおろそかにしたらあかんな。

日本は、先進国や言われてますけどね、三度のごはんも満足に食べられへん子どももおるんですよ。親に虐待《ぎゃくたい》されている子もね。

そんな子どもたちのために、何か、うちにできることがあるやろか。

今の日本の問題は、女性《じょせい》の政治家《せいじか》が少ないこと。

もっと政治《せいじ》の世界に女性《じょせい》が入っていかなあかんね。そうせんと、いつまで経《た》っても、おっさんの古い価値観《かちかん》に縛《しば》られた国のまま、世界から取り残されていくんと違《ちが》うやろか。

おっさんの古い価値観《かちかん》って、どんなんや？　よう訊《き》いてくれはりました。

それはまさに、うちがこれまで生きてきた時代の価値観《かちかん》です。たとえば、男は男である言うだけで、女よりも前に立つというか、上に立つことが当たり前の社会。言ってしまえば、男尊女卑《だんそんじょひ》。そう、男は尊敬《そんけい》される存在《そんざい》で、女は卑《いや》しい存在、いうことです。けど、うちらが若《わか》いころは、それが普通《ふつう》というか、疑《うたが》う余地《よち》もない、当たり前のことやったんです。戦争だって、そうやろ。兵士《へいし》はみんな男やもん。女は男を支《ささ》える存《そん》在《ざい》、男に仕える存在。うちも自然と、そう思うてました。

たとえば家のなかでは、お父ちゃんが最優先《さいゆうせん》で、お兄ちゃん、弟が来て、その下にお母ちゃんと女のきょうだいが来る。お魚やったら、いちばんおいしいところは男が食べる。今やったら信じられへんことでしょうが、当時はそれが当たり前。これは、男が悪いとか、いばってるとか、そんな話やのうて、女もみんな、そう考えとったんです。学校でも、家庭でも、会社でも。

そうこうしているうちに、アメリカでウーマンリブ運動いうのが起こって、男尊女《だんそんじょ》卑《ひ》はおかしいと、みんなが言い出した。日本でもそういう運動が起こりました。でも、悲しいかな、日本ではアメリカほど、それが社会を根底から変えることはなかったなぁ。なんでやろ。これは、女にも責任《せきにん》があるのと違《ちが》うやろか。日本ではまだまだ、肉体労働や重労働は男がするもんやいう、女の甘《あま》えもあるでしょう。

男尊女卑《だんそんじょひ》はあかん、とわかっていながらも、いまだに、息子には男らしい男に、娘《むすめ》には女らしい女になってほしいと願って、そういう育て方をしているお母さんも多いと思いますが、いかがでしょう。たとえば息子やったら、会社の社長になれ、人の上に立てるような人になれ、娘《むすめ》やったら、金持ちの旦那《だんな》を見つけて結婚《けっこん》するのが幸せやで、一生安泰《いっしょうあんたい》やで、みたいな育て方というか、教育方針《きょういくほうしん》というか。これって、そのまんま、おっさんの価値観《かちかん》やないか。わははははは。

けど、それではあかんのです。女でも肉体労働が得意《とくい》な人はいるし、男でも家庭に入って専業主夫《せんぎょうしゅふ》になりたい人がいるはずや。そういう人たちが性別《せいべつ》に関係なく、活躍《かつやく》できるような社会にせなあかんと、うちは思います。女が人の上に立って指導者《しどうしゃ》になり、男が陰《かげ》で女を支《ささ》える。そういう男女がいたってええやろ。医師《いし》もパイロットも警《けい》察官《さつかん》も軍人も、男女半々が理想的や。バランスが取れてる。違《ちが》いますか。

このあいだ、若《わか》い看護師《かんごし》さんが「ジェンダーギャップ指数」いうのを教えてくれたんですよ。

ジェンダーギャップとは、男女の性別《せいべつ》による格差《かくさ》。つまり、男女平等の度合い。それを数値《すうち》で示《しめ》したのがジェンダーギャップ指数。

なんと日本は、先進国のなかでは最下位やったんですよ。なさけないことです。恥《は》ずかしいことです。

日本人女性《じょせい》は、健康、教育の指数は高いのに、政治《せいじ》と経済《けいざい》の分野で活躍《かつやく》できている度合いがきょくたんに低いんですわ。さっきも言うたとおり、女性《じょせい》の政治家《せいじか》が少なすぎる。ほんま、これはなんとかせなあかんな。

うちが今から立候補《りっこうほ》して、総理大臣《そうりだいじん》になったろかしら、わはははは。

冗談《じょうだん》はこれくらいにして、最後になりましたが、友人をひとり、ご紹介《しょうかい》します。ぜひ、彼女《かのじょ》に話を聞きに行って。おもしろい話をぎょうさんしてくれるはずです。

なぜなら彼女《かのじょ》は、世界中を旅するのが好きな人やから。各国の女性差別《じょせいさべつ》の話も聞けるかもしれへんよ。

それじゃあ、うちは今から仕事に行かなあかんので、これで失礼いたします。

次回は子どもたちにも話を聞いて。

◆あなたの好きな木は？

楓《かえで》。うちの名前の木。春先に、ちっとも目立たない、小さな赤い花を咲《さ》かせてね、秋になると、葉っぱが真っ赤に染《そ》まります。地味な木やけど、紅葉《こうよう》は見事なもんや。木へんに風、と書いて楓。人生、風に吹《ふ》かれて、ページがめくれていく絵本みたいなもんです。ボブ・ディランの歌にもありますやろ。「答えは風に吹《ふ》かれている」とかいうのが。

3

そこへ行ってみなければ、わからないことがある。

片岡《かたおか》　瞳《ひとみ》（日本・39歳《さい》）

——片岡《かたおか》さんとは、岡山《おかやま》で会った。たまたまその年の夏、片岡さんは取材で岡山を訪《ほう》問《もん》していて、ぼくはぼくで、岡山の大学に招《まね》かれて、話をすることになっていた。ふたりとも似《に》たような仕事をしていて、旅が好きで、同世代ということもあって、話が尽《つ》きなかった。また、これは話を聞いているうちにわかってきたことだけれど、旅の目的にも大きな共通点があった。ぼくは、旅先ではかならず、過去《かこ》に歴史的なできごとがあったのにあまり人に知られていない場所や、そのできごとに関連した人を探《さが》して、訪《たず》ねて

みるようにしている。たとえば岡山では、戦争末期に、空襲警報《くうしゅうけいほう》の鳴らなかった空襲というのがあって、無警報空襲《むけいほうくうしゅう》と呼《よ》ばれているらしいのだが、今回は、大学での仕事の空き時間に、その空襲で破壊《はかい》された学校の卒業生に話を聞きに行った。片岡さんも外国へ旅行するときには、たとえば激戦地《げきせんち》、多くの人が亡《な》くなった場所、あるいは、平和の講《こう》和条約《わじょうやく》が結ばれた場所などを積極的《せっきょくてき》に訪《おとず》れているという。


はじめまして、片岡《かたおか》です。

菊池《きくち》さんからご紹介《しょうかい》いただき、本日、お目にかかれるのを楽しみにしておりました。

大学在学中《ざいがくちゅう》から卒業後二年ほど、フリーランスの雑誌記者《ざっしきしゃ》として働き、現在《げんざい》は児童書の出版社《しゅっぱんしゃ》で、子どもたちのための本を作る仕事をしています。

あなたの仕事と同じ業種、と言っても差《さ》し支《つか》えはないですね。

菊池《きくち》さんとは『看護師《かんごし》ハンドブック』という本を作ったときに、お話を聞かせていただいて、それ以降《いこう》、親しくおつきあいをしています。

ほんとうにパワフルな方ですよね。パワフルでハートフル。強さとやさしさの両方を兼《か》ね備《そな》えた女性《じょせい》だと思います。生き方が美しいのです。

悲しいことに日本では、女性《じょせい》の若《わか》さと美貌《びぼう》だけがなぜか、もてはやされています。美人で、年が若《わか》い。

これが何よりも重要だと考えている人が多い。残念です。

わたし自身、日々、そう痛感《つうかん》しています。たとえばついこのあいだ、読んでいた小説のなかに、こんな記述《きじゅつ》がありました。

わたしの好きな作家が書いた小説です。好きな作家だから、できれば批判《ひはん》はしたくないのだけれど、それでも、見逃《みのが》すことはできなかった。

「彼女《かのじょ》は若《わか》くもなく、取り立てて美人でもない。なのになぜ、僕《ぼく》はここまで、彼女《かのじょ》に心を惹《ひ》かれたのだろう。」——この文章を読んで、疑問《ぎもん》を感じるかどうか。

あなたはどうですか。どう思われますか。

とくに疑問《ぎもん》は感じませんか。

この文章をわたしなりに解説《かいせつ》すると「若《わか》くて美人であれば、女性《じょせい》は魅力的《みりょくてき》だが、そうではない女性は魅力的ではない。魅力的ではない女性に、僕《ぼく》は心を惹《ひ》かれた」——

と、なります。作家自身、これが女性に対する年齢差別《ねんれいさべつ》であり、偏見《へんけん》であると、意識《いしき》しないままで、さらっと書いたのでしょう。そういう無意識《むいしき》の偏見《へんけん》、これがいちばん厄介《やっかい》で、解消《かいしょう》するのがむずかしいのです。

日本の映画《えいが》やドラマを観《み》ていると、三十を過《す》ぎた女性《じょせい》の俳優は、たいてい、母親役として登場しますよね。母親ではない三十代のすてきな女性も、日本にはたくさんいるはずなのに、これはなぜなんでしょう。

あと、日本のアニメやゲームの主人公は、圧倒的《あっとうてき》に高校生が多くないですか。あれも、わたしにとっては奇異《きい》な感じがします。

わたしは三十代の終わりですが、自分ではまだまだ若《わか》くて、未熟者《みじゅくもの》だと思っています。けれども、日本の会社では生意気《なまいき》なおばさん扱《あつか》い。二十代のときには小娘扱《こむすめあつか》いされていたのに、三十代になったら、いきなりおばさんですよ。男性《だんせい》なら働《はたら》き盛《ざか》りって言われるのに。

これはほんとうに悲しいことだし、女性《じょせい》にとってはすごく生きづらい社会です。男《だん》性《せい》も女性も力を合わせて、日本社会における、この、女性に対する謂《いわ》れなき年齢差別《ねんれいさべつ》をなくしていかねばなりません。

話が前後しますけど、児童書の出版社《しゅっぱんしゃ》に転職《てんしょく》する前に、一年半ほど、別の出版社で働いていたことがあるんです。児童書だけじゃなくて、大人向けの本も出している総合《そうごう》出版社でした。

その会社では、朝、出勤《しゅっきん》するとまず「当番表」を見て、女性社員《じょせいしゃいん》がなんらかの雑務《ざつむ》をするようになっていました。

雑務《ざつむ》というのは、社員全員にお茶を淹《い》れること、応接室《おうせつしつ》の清掃《せいそう》、会議室の清掃、お手洗《てあら》いの清掃。この四つでした。もちろん、会社員ですから、こういった雑務をするのは当たり前です。でも、問題だったのは、この当番表には、女性社員《じょせいしゃいん》の名前だけが書かれていたということ。女性社員がばたばたとお茶を淹れたり、そうじをしたりしているときに、男性社員《だんせいしゃいん》はみんな、新聞や雑誌《ざっし》を読んだり、おしゃべりしたりして、くつろいでいるんですよ。

菊池《きくち》さんの話によると、こういう風景って、昔は普通《ふつう》だったみたいですね。

わたしは「こういうのはおかしい」って、ずっと思っていました。「おかしくないですか」って、言いたかったけど、言えなかった。

今なら言うかもしれません。でも当時は言えなかった。

いいえ、言わなくてはなりませんよね。抗議《こうぎ》をしないってことは、みずからそれを認《みと》めているってことにもなりますから。女性《じょせい》の側からきちんと意見を言って、改善《かいぜん》できるところは改善していかなくちゃいけないですよね。

ちょうどそのころに知りあって、つきあうようになった、フランス人の彼《かれ》からも言われました。

「何も言わないってことは、何も意見がないってことだよ。何も意見がないってことは、何も考えていないってことだよ。ロボットだって何かを考えているのに、人間が何も考えていないなんて、ありえないでしょ」

わたしの趣味《しゅみ》ですか。

それは、旅です。趣味《しゅみ》と仕事を兼《か》ねていると言ってもいいかな。

あっ、これも、あなたとよく似《に》ていますね。

時間さえあれば、旅に出かけています。

これまでに訪《たず》ねた国は、そうだな、三十カ国くらいかな。

アジアとヨーロッパが多いかな。

単なる観光旅行ではなくて、たとえばそこで過去《かこ》に戦争や紛争《ふんそう》があって、多くの人たちが犠牲《ぎせい》になった、というような場所を、慰霊《いれい》の気持ちをこめて訪《たず》ねることが多いです。それがメインの目的で、ついでに観光をしているって感じでしょうか。

アジア諸国《しょこく》のなかでは、とくにヴェトナムが大好きで、仕事がなくても、しょっちゅう出かけています。アメリカはヴェトナムに、どんな爪痕《つめあと》を残したのか。個人的《こじんてき》に興味《きょうみ》があるんですね。理由はありません。ただ、心を惹《ひ》かれるんです。惹かれるから出かける。まるで、そこから風が吹《ふ》いてくるから旅に出る、みたいな感じかなぁ。

いつも、ひとりで行きます。

旅はひとり旅に限《かぎ》ります。

彼《かれ》といっしょに行くこともあるけれど、それは旅じゃなくて、バカンスになっちゃいますね。

旅とバカンス、どこがどう違《ちが》うのかって、それはあなたの想像《そうぞう》にお任《まか》せします。

今年の春、会社からリフレッシュ休暇《きゅうか》をいただいて、バルカン半島にある四カ国を旅してきました。はい、これは旅です。

日本からパリへ飛んで、ブルガリア、北マケドニア、アルバニア、コソボの四カ国をバスで回りました。バスが発達しているので、国から国へは二時間から五時間くらいで、移動《いどう》できます。

バルカン半島へ行ってくる、と、彼《かれ》に話すと、こう言われました。

「そんな危《あぶ》ないところへ行くなんて、信じられないよ。コソボへ行くくらいなら、いっそ、北朝鮮《きたちょうせん》のほうがましなんじゃないの」

コソボといえば、アルバニア人とセルビア人が激《はげ》しく対立していて、紛争《ふんそう》の絶《た》えない国でした。難民問題《なんみんもんだい》も深刻《しんこく》で、国連難民高等弁務官事務所《こくれんなんみんこうとうべんむかんじむしょ》のトップを務《つと》めていた緒《お》方貞子《がたさだこ》さんがコソボ難民の救済《きゅうさい》に乗り出したことでも、よく知られています。

第一次世界大戦が起こる前には、バルカン半島は「ヨーロッパの火薬庫」と呼《よ》ばれていました。それくらい、紛争《ふんそう》が起こりやすい地域《ちいき》だったということです。東ローマ帝国《ていこく》時代からオスマン帝国時代まで、他国からの侵略《しんりゃく》と支配《しはい》の歴史がくりかえされてきたこと、多民族が交じりあって暮《く》らしていること、また、地理的に、ヨーロッパにとっては要衝《ようしょう》であることなどもあいまって、とにかく争いが絶《た》えないわけです。

それでもわたしは、自分の目で、そういう地域《ちいき》を見てみたいと思いました。火薬庫のような危《あぶ》ない場所、だからこそ、行ってみたいと。

そこへ行ってみなければ、わからないことがある。

自分の目で見て、耳で聞いて、足で土地を踏《ふ》んでみなければ、わからないこと。

この「わからないこと」に、わたしは興味《きょうみ》があるのです。

もしかしたらこれが、わたしが旅をする理由であり、旅を愛する理由なのかもしれません。あ、だから、ヴェトナムにも心を惹《ひ》かれつづけているんですね、きっと。

旅をする、ということは、世界の扉《とびら》を開く、ということ。

今は、図書館へ足を運ばなくても、会社や自宅《じたく》のパソコンで、電車のなかではスマートフォンで、なんでもかんでも検索《けんさく》して、なんでもかんでもかんたんに、知ることができるようになっています。

でも、それだけでは、ほんとうに知ったことにはならない。どんなに情報《じょうほう》をたくさん得《え》たとしても、それは、情報のカタログを手に入れただけに過《す》ぎない。カタログを見ただけでは、商品の質《しつ》や使い心地や味などはわからないのと同じで、情報だけでは、知恵《ちえ》や知識《ちしき》にはなりえないのです。

三週間足らずではありましたが、バルカン半島を歩いてみて意外だったことは、想《そう》像《ぞう》していた以上に治安がいい、夜のひとり歩きも危険《きけん》ではない、食べ物がおいしい、何よりも気候がいい。あたたかくて、地中海的な明るさがあって、たいへん過《す》ごしやすかったです。

かつては、血で血を洗《あら》うような戦場だったコソボの、セルビア正教会の教会を見に行ったときのこと。そこで知りあった、警察官《けいさつかん》のおじさんが別《わか》れ際《ぎわ》に言った言葉が心に残っています。

「どうだった？　美しい教会だろう？　美しい！　と心で感じるだけで、じゅうぶんなんだよ。宗教《しゅうきょう》がどうとか、民族がどうとか、頭でしか考えていない奴《やつ》らが戦争を始めるんだ」

この言葉を聞けただけでも、いい旅だったと思いました。

わたしはこれからも、子どもたちが出会って、手に取って、世界の扉《とびら》を開くことができるような本を作っていきたいと思っています。

本のページをめくりながら、磨《みが》きぬかれ、選びぬかれた言葉で書かれた文章を読むことでしか、得《え》られない喜《よろこ》びがあります。

わたしたちは、紙の本を失ってはなりません。それは、人間が知恵《ちえ》をなくすことに等しい。本は人類の知的財産《ちてきざいさん》なのです。生きている人間が一文字一文字、自分の手で、自分の体験を、自分の言葉で書きつづった書物を、胸《むね》をふるわせながら読む、読書というすばらしい時間を、わたしたちは決して失ってはなりません。

あなたもそう思いませんか。

◆あなたの好きな木は？

オリーブ。バルカン半島でも、以前に旅をしたギリシャやイタリアでもよく見かけました。オリーブだけを売っている市場なんかもあったなぁ。オリーブは、旧約聖《きゅうやくせい》書《しょ》によると「平和と友愛」の象徴《しょうちょう》とされています。国連の旗にも描《えが》かれていますね。世界平和のシンボルの木です。

4 夢《ゆめ》を見ているのはきっと、ぼくだけじゃないはず。

グエン・クオン・ロン（ヴェトナム・13歳《さい》）

——タイ、インド、インドネシア、フィリピン、シンガポール、香港《ホンコン》など、アジア諸《しょ》国《こく》へは、十代だったころ、バックパックを背負《せお》って旅をしたものだったが、ヴェトナムへはまだ行ったことがなかった。片岡《かたおか》さんが「大好き」と言ったヴェトナムへ、片岡さんが心を惹《ひ》かれつづけている国へ、ぼくも行ってみたくなった。一生けんめい仕事をして、旅の費用《ひよう》を貯《た》めた。よし、出発だ。片岡さんに会ってから、一年ほどが経過《けいか》していた。「だったらぜひ、あの子に会ってきて」と、片岡さんからメールで紹介《しょうかい》してもらっ

たロンくんの話を聞きに行った。ロンくんの家族や友だちの話も。片岡さんとロンくんは、ホーチミン市にある戦争証跡博物館《せんそうしょうせきはくぶつかん》で知りあったという。

ええっと「ベトナム」じゃなくて、発音は「ヴィエットナム」だよ。むずかしかったら「ヴェトナム」でいい。アルファベットで言うと、BじゃなくてVなんだ。そう、ヴィクトリー、勝利のVだね。「ベトナム」と発音するとね、ちょっと変な意味になってしまうんだ。だからかならず「ヴェトナム」って言ってください。

苗字《みょうじ》はグエン。名前はロン。

日本語の名前とおんなじで、家族の名前が先で、自分の名前がうしろ。まんなかの名前は、あんまり使わない。

同じ苗字《みょうじ》の人が多いので、みんな、ファーストネームで呼《よ》びあうんだ。だから、ぼくのことはロンと呼《よ》んでください。「ロン」の意味は「龍《りゅう》」なんだよ。

ごらんのとおり、ぼくには両脚《りょうあし》がない。

この車椅子《くるまいす》がぼくの脚《あし》なんだ。ぼくには特別な脚があるってこと。生まれたときには、小さな脚《あし》はあったらしいんだけど、奇妙《きみょう》にねじ曲がっていて、切断《せつだん》しないと、お腹《なか》に骨《ほね》が突《つ》き刺《さ》さって死んでしまうからってことで、病院で脚《あし》を切《せつ》断《だん》したんだ。

ぼくみたいな子は、ヴェトナムでは、特別な存在《そんざい》じゃない。

脚《あし》はあるけど手のない子、手があっても指が曲がったままで使えない子、顔があっても目のない子、寝《ね》たきりの子、脳《のう》に障害《しょうがい》があるから何も話せない子、ふたりの子がくっついて生まれた子、全身に黒い斑点《はんてん》のついた子、ほんとうにいろんな子がいるんだよ。

なぜかって?

それはね、アメリカと戦争をしていたとき、アメリカ軍が1961年からおよそ十年間にわたって、ヴェトナムの中南部にある広大な森林地帯に、空から「枯葉剤《かれはざい》」という、猛毒《もうどく》を撒《ま》きつづけていたから。

枯葉剤《かれはざい》は、美しくて豊《ゆた》かな森をめちゃめちゃに破壊《はかい》して、枯《か》れ木《き》と枯《か》れ枝《えだ》と枯れ葉の「死の森」に変えてしまった。

死んだのは、森だけじゃない。森に住んでいた、ありとあらゆる生き物も死《し》に絶《た》えた。戦争って、おそろしい。

戦争がおそろしいのはね、それが終わってからも、おそろしいことが起こりつづけるってことなんだ。戦争が終わって四十年近くが過《す》ぎた今、森はほとんど、よみがえっている。森の生物たちもおそらく、よみがえっているはずだ。

けれど、枯葉剤《かれはざい》を浴びたり、それに接《せっ》したりした人間は、どうか。

被害《ひがい》はその子どもへ、子どもの子どもへ、と、おそろしい影響《えいきょう》を与《あた》えつづけている。

ぼくのおじいちゃんが浴びた枯葉剤《かれはざい》は、二代目のぼくのおとうさんへ、そして、三代目のぼくの体にも、こんな被害《ひがい》を与《あた》えたんだ。

枯葉剤《かれはざい》にふくまれているダイオキシンという猛毒《もうどく》は、人の遺伝子《いでんし》を突然変異《とつぜんへんい》させるんだね。ある病院の標本室で、死んで生まれた赤《あか》ん坊《ぼう》の亡《な》き骸《がら》がガラス瓶《びん》に入れられて、五十体ほど、ずらりと並《なら》んでいるのを、ぼくは見たことがあるよ。まるでホラー映画《えいが》みたいだった。赤ん坊はみんな、泣いているように見えた。ぼくも泣いてしまった。でもこれは、映画の一場面じゃない、現実《げんじつ》に起こったことなんだよ。

なんらかの形で、枯葉剤《かれはざい》の被害《ひがい》を受けた国民の数は、三百万人以上だと言われている。ほんとうは、もっと多いのかもしれない。亡《な》くなった人もいるし、ぼくみたいにこうして、脚《あし》をなくしながら、生きている人もいる。

ぼくは、せっかくこの世に生まれてきたんだから、この世から戦争をなくす、という夢《ゆめ》を実現《じつげん》したいんだ。ジョン・レノンの『イマジン』みたいにね、夢を見ているのはきっと、ぼくだけじゃないはず。


将来《しょうらい》の目標?

それはね、教師《きょうし》になること。

ぼくは学校の先生になって、子どもたちに、平和のたいせつさを教えたい。

それと、ぼくみたいに障害《しょうがい》のある人が楽しく、障害のない人たちに交じって、普通《ふつう》に、幸せに、暮《く》らしていける社会を作りたい。

行ってみたい国は、日本とアメリカ。

日本ではね、広島《ひろしま》と長崎《ながさき》へ行ってみたい。世界で唯一《ゆいいつ》、原子爆弾《げんしばくだん》を落とされた国だから、枯葉剤《かれはざい》を浴びたヴェトナムとは、親戚《しんせき》なんじゃないかなって思ってる。原爆《げんばく》の後遺症《こういしょう》で、今も苦しんでいる人がいるなら、会って、話を聞いてみたい。

アメリカはね、かつては敵国《てきこく》だったわけだけど、障害《しょうがい》のある人たちがどんどん社会に出て活躍《かつやく》している国だって聞いたから、実際《じっさい》にそれをぼくの目で見てみたいんだ。

何年か前に、手がしびれるようになって、それを治すためのリハビリ施設《しせつ》に通っていたとき、そこにアメリカからボランティアでやってきた大学生がいて、その人の話を聞いているうちに、アメリカにあこがれるようになった。

だけど、こういう気持ちになるまでには、長い長い時間がかかった。

正直なところ、最初はアメリカを憎《にく》んでたんだ。憎んでたし、恨《うら》んでた。それはそうでしょ、当然だよね。だって、ぼくがこんな体になったのは、アメリカのせいなんだから。まあ、アメリカとヴェトナムのせいではあるんだけど。

でも、あるとき、どんなきっかけでそう思うようになったのか、もしかしたら、きっかけなんてものはなくて、時間の力ってことなのかもしれないけれど、いつまでもアメリカを憎《にく》んでいるのは、ぼくにとって、ただ苦しいだけで、いいことなんて何もないって気づいたんだ。

そう、ネガティブな感情《かんじょう》を抱《いだ》きつづけている限《かぎ》り、ぼくは苦しみから解放《かいほう》されないってこと。憎《にく》むことよりも、愛することのほうがかんたんだし、愛することで、人は幸せになれる。ぼくは幸せになりたい。そのためにも、憎しみを捨《す》てようと思った。

言葉にするとかんたんだけど、さっきも言ったとおり、こういうふうに思えるようになるまでの道は曲がりくねっていたよ。どろどろで、ずぶずぶの、ぬかるんだ道だった。

今はまっすぐにこう思う。

過去《かこ》に戦争をしていた国だからこそ、なかよくしなくては。

そのためには、過去《かこ》に戦争をしていた国へ行って、というか、乗《の》りこんでいって、自分の目でその国を見てやろうって思っている。

ある意味では、アメリカに復讐《ふくしゅう》をしてやりたいのかな、ぼくは。いや、これは大人たちへの復讐かもしれないな。

戦争を始めたのは、大人たちだ。だからこそ、子どもたちは、かつての敵国《てきこく》となかよくする。これって、戦争に対する、いちばんいい復讐《ふくしゅう》だと思うんだ。

そう、ぼくらは戦争と戦って勝たなくちゃ。

平和な世界を築《きず》いて、戦争をしたがっている大人たちに、見せつけてやるんだ。

これが戦争と戦って、勝つ方法。

同じように、障害《しょうがい》のある人はどんどん社会に出ていって、障害のある人のパワーと可能性《かのうせい》を見せつけてやる。これが障害や差別や偏見《へんけん》と戦って、勝つ方法。

ぼくはそう思っている。


そういえば、父の遠い親戚《しんせき》のひとりに、アメリカへ移住《いじゅう》した人がいる。今はニューヨークでレストランを経営《けいえい》していて、移民《いみん》として成功しているヴェトナム人だ。

そのおじさんの家族にも、いつか、会いに行きたい。

数年前、おじさんの息子が一時帰国をしていたとき、こんなことを言ってた。

「アメリカには、障害《しょうがい》のある・なしにかかわらず、夢《ゆめ》を実現《じつげん》できるオポチュニティがあるんだよ」

オポチュニティ。つまり「機会」「チャンス」ってことだよね。

ああ、それから、インドへも行ってみたいな。

マハトマ・ガンディーの伝記を読んで、すっごく感動したから。インドは、イギリスからの独立《どくりつ》を目指して、いっさい戦争を起こさないで平和を勝ちとった。それは、平和主義《へいわしゅぎ》、非暴力《ひぼうりょく》を貫《つらぬ》いたガンディーのおかげだった。

戦争をしないで、平和を勝ちとる。非暴力《ひぼうりょく》で、暴力《ぼうりょく》をたたきのめす。

そういう指導者《しどうしゃ》を、政治家《せいじか》を、ぼくらは選ばなくちゃだめだよね。

あっ、もう一カ国。いつか行ってみたい国がある。

それはイラクです。

イラクって、やっぱり、アメリカにめちゃくちゃにされた国でしょ。そういう国の人たちがかつての敵国《てきこく》アメリカに対して、今はどんな感情《かんじょう》を抱《いだ》いているのか。平和について、どう考えているのか、ぼくは知りたいと思う。

◆あなたの好きな木は？

サウの木。ハノイ市にはこの木がたくさん植えられています。五メートルから十メートルくらいもある大木。すずらんの花によく似《に》た、かわいい花を咲《さ》かせます。緑色の実は、スープに入れたり、砂糖漬《さとうづ》けにしたりして食べています。実の色が黄色くなったら、そのまま食べても甘《あま》くておいしい。サウのジュースもおいしい。夏は毎日、このジュースを飲んでいます。

5

サッカーと、日本のアニメと、甘《あま》いクリームパンが大好き！

アサド・ムハンマド・アフマド（イラク・17歳《さい》）

――ヴェトナムへの旅から戻《もど》ってきて、半年後、ぼくはイラクを目指した。イラクは未知の国だった。中近東のアラブ諸国《しょこく》へはまだ一度も足を踏《ふ》み入《い》れたことがなかった。知らない世界を知りたい。危《あぶ》ない国だからこそ、この目で見てみたい。片岡《かたおか》さんの話を聞いて、そんな欲望《よくぼう》が芽生《めば》えていた。在日《ざいにち》イラク大使館を通して、イラクで暮《く》らす高校生たちを紹介《しょうかい》してもらった。イラクと言えば、イラク戦争。ヴェトナムと同じように、アメリカに破壊《はかい》された国だ。ヴェトナムのロンくんが長きにわたってアメリカに対して

抱《いだ》いていた、憎《にく》しみとあこがれが混《ま》じりあった複雑《ふくざつ》な心境《しんきょう》を、イラクの男の子たちも同じように味わっているのだろうか。そういうことにも興味《きょうみ》があった。イラクで聞いた話をいつか、ヴェトナムを再訪《さいほう》したときに、ロンくんに聞かせてあげたいと思った。

はじめまして！
バグダッドで高校生をやってる、アサドだよ。
アサドの意味はね、ライオン。
ムハンマドは父の名前で、アフマドは祖父《そふ》の名前。三つ、くっつけたらおれの名前。
うーん、イラクと言えば戦争、っていうイメージって、そんなに強いのかなぁ。
まあ、強いんだろうなぁ。
それって、過去《かこ》のことだろ。過去には戦争があったってことだよね。
戦争のことは、どうかな、おれはあんまり話したくないなぁ。
だって、いやだもん。平和がいいよ。
戦争って、やっぱりいやだよ。

イラク＝戦争、自爆《じばく》テロって思ってほしくないって、願っているのはおれもそうだし、友だちも家族もみんなそう願ってるよ。戦争はいけない、自爆《じばく》テロなんて絶対《ぜったい》にしたくない、いけないって、思ってるよ、当然でしょ、そんなこと。

それを口に出しては言わないだけで、本音は同じだよ。だって、無駄《むだ》に死にたくないもん。

もちろん、親戚《しんせき》のなかには、戦争へ行ったきり、帰ってこなかったおじさんもいたよ。ひとりじゃなくて、何人も。

あのね、首から鍵《かぎ》をぶら下げて、戦争へ行くんだ。その鍵はね、天国のドアをあけるための鍵なんだって。いやだよね、そんなの。やりたいこと、いっぱいあるのにさ。

身のまわりでテロ？

あったなぁ、そういえば。

でも、あんまり思い出したくないな、そういうのはもう、忘《わす》れたいな。

でも、せっかくだから、話すよ。

あれは、おれが小学生くらいのときだったかなぁ。

アメリカ軍がイラクから撤退《てったい》した次の年に、バグダッドで自爆《じばく》テロがあったんだ。大きなのが二回もあったよ。最初のテロで、親戚《しんせき》のおじさんの友だちは、大けがをしたんだよ。亡《な》くなった人は、七十人以上もいたんだ。

ああいうのは、もういやだな。

テロでは、何も良くならない。人が亡《な》くなって、悲しいだけだよ。

そう、悲しいだけ。

悲しいっていうのがみんなの共通の本音だよ。少なくともおれはそう思ってる、だれがなんと言っても。

イラクのいいところ？

うーん、いろいろありすぎて、何を言えばいいか、おれにはよくわからないな。だって、住んでいると、自分の国だもん、いいことだらけだよ。ありすぎて困《こま》るよ。いいところだらけだよ。

みんな親切だし、やさしい性格《せいかく》の人たちが多いよ。勇気があって、誇《ほこ》りが高くて、お客さんをたいせつにするし、弱い人たちをみんなで助けようとするね。博愛精神《はくあいせいしん》っていうのかな。

好きなもの？　それって、おれの青春を語れってこと。いいよ、大いに語るよ。

サッカーとね、日本のアニメと、甘《あま》いクリームパンが大好き！

あははは、毎日でもサッカーやっていたいな。

サッカー＝おれの青春。サッカー選手になりたいっていうような大それた夢《ゆめ》は抱《いだ》いてはいないけど、サッカーやってると、いやなことは全部、忘《わす》れていられる。

ボールを追いかけて走る、蹴《け》る、トラップする、パスする、ヘディングする、ゴールを決める。ああ、最高だよ。

サッカーと同じくらい好きなのは、日本のアニメかな。

だって、すごく絵がうまくて、きれいで、動きとかもすごくて、夢中《むちゅう》になれるんだもん。好きなアニメについて、友だちと話すのも楽しいしね。

毎日、日本のアニメ見て、毎朝、甘《あま》いクリームパンの上から、あたたかいシロップをドバーッとかけて食べるんだ。甘すぎて、頭がキーンとするくらいなのがいいなぁ。

勉強はね、すごくまじめにしてるよ、だって、大学へ行きたいから。

小学校は六年まで、中学校は三年、高校も三年。

おれが通っている学校は、ずっと男と女は別々。うん、小学校から男だけだった。

八時から授業《じゅぎょう》がある日は、六時半ごろに起きて、朝ごはんを食べて、歩いていく。

問題なのは、教室の数が少ないことかな。午前と午後にかわりばんこで使ってる。なので、授業《じゅぎょう》は八時から一時までの日と、午後一時から五時までの日がある。

あれ？　こんな話、たいくつじゃない？

じゃない？　なら良かった。

どんな授業《じゅぎょう》なのかって？

小学校のときからの必修科目《ひっしゅうかもく》はアラビア語と、宗教《しゅうきょう》と、道徳と、イスラム教の歴史。

高校ではね、英語、数学、物理、生物、地理など。あ、高校のアラビア語の授業《じゅぎょう》で、読み書き用のアラビア語を勉強するんだけどさ、これがものすごーくむずかしいんだ。「フスハー」っていうんだけど。日常的《にちじょうてき》な会話で使うアラビア語は「アーンミーヤ」っていうんだよ。

おれの成績《せいせき》？　あははは、あんまり良くないよ。

でも、できれば大学へ行って、国際政治学《こくさいせいじがく》とか、国際関係論《こくさいかんけいろん》とか、そういうのを勉強して、イラクをもっと良くしていける外交官《がいこうかん》とか、政治家《せいじか》とかになれたらいいなぁと思ってる。できれば、イギリス留学《りゅうがく》なんて、してみたい。

たとえば、イギリスの大学でビジネスを学んで、イラクへ戻《もど》ってきて、会社の経営《けいえい》者《しゃ》になって、大金持ちになるとか。ははは、無理かなぁ。

あと、障害《しょうがい》のある人たちのために、何か仕事ができたらいいな。親戚《しんせき》の子にね、目の見えない子がいるんだけど、とっても賢《かしこ》い子なんだ。頭がすごくいい。そういう子がもっとのびのびと勉強できるような、福祉制度《ふくしせいど》があったらいいかなって思う。

あと、戦争で、親兄弟をなくした子どもたちのためにも、仕事ができたらいいな。

あと、って、どんだけ、あとをくっつけたら、気がすむんだろ。

やりたいことが多すぎて、困《こま》ってるよ。

ああ、勉強しなくちゃ。

な、おれ、まじめだろ？　まじめな高校生だと思うよ。

え？　恋愛《れんあい》？　んー、それについては、なんにも言えないかな。

たぶん、両親が決めた人と結婚《けっこん》するんじゃないかな。

女の子よりもサッカーと日本のアニメがいいな。恋愛《れんあい》は、アニメに出てくる女の子
とするよ。そうしたら、フラれなくてすむでしょ。

そういえば、同じイスラム教の国として、トルコには興味《きょうみ》があるよ。

おれはイラクしか知らないんだけどさ。

トルコって、イスラム圏《けん》の国家のなかでは、わりと戒律《かいりつ》がゆるいってことで、知られてるんだけど、トルコの女の子って、どんな暮《く》らしをして、どんなことを考えているのかなって、ちょっと知りたいような気もする。

このへんで、切りあげてもいい？

だって、そろそろサッカーの試合が始まるからさ。隣《となり》に住んでる友だちの家に集まって、みんなで観《み》るんだ。うん、甘《あま》～いクリームパン、食べながらね。

じゃあ、さようなら。元気でね。またどこかで会えるといいね。

◆あなたの好きな木は？

いちじく。花が咲《さ》かないのに実のなる不思議な木だよ。皮の色が黒くなったら、枝《えだ》から取って、皮ごと、がぶりと食べる。甘《あま》くておいしいよ。実を干《ほ》して、乾燥《かんそう》いちじくにしたものもおいしい。母はよく料理に使っている。メソポタミア文明が生まれたころから、イラクで栽培《さいばい》されていたんだよ。それって、六千年以上も前のことなんだよ。すごいだろ。イラクってさ、人類の文明の発祥地《はっしょうち》なんだよ。ね、すごいだろ。

6 あたしたちの心と体は、あたしたちのもの。だれのものでもない。

エメル・クヌート（トルコ・16歳《さい》）

——イラクを訪問《ほうもん》して帰国したあと、トルコへ行く計画を立てた。言うまでもないことだけれど、アサドくんの発言に触発《しょくはつ》されたからだ。トルコへは、ヨーロッパを旅していたとき、一度だけ訪《おとず》れたことがあった。そのときの旅は単なる観光旅行で、深くトルコに足を突《つ》っこんだ、という自覚はなかった。トルコで、アサドくんと同年代の女の子たちの話をぜひ聞きたいと思った。クヌートさんを紹介《しょうかい》してくれたのは、トルコの政府《せいふ》観光局《かんこうきょく》で働いている女性《じょせい》だ。彼女《かのじょ》は、クヌートさんの叔母《おば》に当たる人で、トルコ人女性

の人権問題《じんけんもんだい》にも取り組んでいる人だった。


こんにちは。

あたしは、イスタンブールに住んでいる学生で、十二年間の義務教育《ぎむきょういく》の、十一年目の学年で勉強しています。トルコでは、六歳《さい》から十七歳までは、無料で、公立学校へ通うことができます。男も女も全員、です。

これは、とってもすばらしい制度《せいど》だと思う。勉強したい人はだれでも、教育を受けられるわけだから。そう、男も女も、平等に。

トルコの女性《じょせい》たちは、イスラム圏《けん》の国々のなかでは、比較的《ひかくてき》自由だと思う。女性《じょせい》が車の運転を禁止《きんし》されている国や、教育を受けることのできない国もあるみたいだから。


きょうは、あたしからあなたに、お話ししたいことがふたつ、あります。

それが終わったら、あなたからの質問《しつもん》に答えます。

それで、いいですか。

まず、この、スカーフについて。

すてきでしょ？

これ、亡《な》くなったおばあちゃんからもらったの。形見なの。このスカーフを身につけていると、いつも、おばあちゃんといっしょ。彼女《かのじょ》があたしを守ってくれていると感じるの。

イスラム教徒の女性《じょせい》たちがスカーフをかぶっているのは「シャーリア」というイスラム法に従《したが》って生活しているからです。

人間は、誘惑《ゆうわく》と欲望《よくぼう》に負けてしまう、弱くて愚《おろ》かな存在《そんざい》なのだから、賢《かしこ》い女性《じょせい》は、男性《だんせい》の欲望《よくぼう》を誘《さそ》うようなことをしてはいけない、つまり、悪い男性から身を守るために、髪《かみ》の毛や首筋《くびすじ》や肌《はだ》などをきちんと隠《かく》しておきなさいって、シャーリアは定めているの。

でも、それだけではありません。

このスカーフは、強い陽射《ひざ》しや埃《ぼこり》などを避《さ》けるためにも、とっても有効《ゆうこう》なの。そう、帽子《ぼうし》と同じ役目を果たしています。便利でしょ。

女の子たちはいつも、きょうはどんなスカーフを巻《ま》こうかなって、おしゃれにも気をつかっているのよ。でもそれは、自分の楽しみのためのおしゃれです。決して、男の人の目を意識《いしき》して、ではない、はず。

女性《じょせい》のファッションについて、かわいらしさや美しさを優先《ゆうせん》するのがいいのか、それとも節度を重視《じゅうし》するのがいいのか、これはとても切実な問題だと思うの。イスラム圏《けん》で暮《く》らす女性《じょせい》たちに限《かぎ》らず、世界中の全女性たちにとって、そうなんじゃないかな。

だって、よく、言われるでしょ。レイプの被害《ひがい》に遭《あ》った女性《じょせい》は、その子が男性《だんせい》を誘《さそ》うような、挑発《ちょうはつ》するような格好《かっこう》をしていたからだって。

じゃあ、挑発《ちょうはつ》しないためのファッションって、どんなファッションなのかって、あたしは男性《だんせい》たちに訊《き》きたい。

それに、女性《じょせい》はいつも、レイプや性暴力《せいぼうりょく》を意識《いしき》して、着る洋服を考えなくちゃならないってこと自体、すごく理不尽《りふじん》なことではないかしら。

あなたはどう思いますか。

トルコでは、スカーフを着用していない女性《じょせい》もいます。さっきも話したとおり、わりと自由なの。ここ、イスタンブールでも、スカーフをかぶっていない人は大勢《おおぜい》います。でも、そんな女性たちでも、モスクで礼拝《れいはい》をするときには、きちんと着用しているの。それは神様に対する敬意《けいい》からです。

それで、このあいだね、いとこの男の子たちから、日本のアニメをちらっと見せてもらう機会があったんだけど、あたしは目を疑《うたが》いたくなるほど、びっくりしたの。だって、そこには、あたしたちが隠《かく》さなくてはならないものがすべて、あからさまに、これでもか、これでもかと、描《か》かれているんだもの。

髪《かみ》の毛とか首筋《くびすじ》とか、そういったところだけじゃなくて、これ以上は言いにくいけど、でも、あの、たとえば、風もないのにスカートがめくれあがっているすがたとか、顔つきは幼女《ようじょ》なのに、乳房《ちぶさ》だけが大きくて、それが洋服から飛び出しているすがたとか、ああ、これ以上は言うのは無理だけど、あとは想像《そうぞう》で理解《りかい》してくれますか。

ほんとに、ひどいと思った。

恥《は》ずかしくて、悲しくて、怒《いか》りが湧《わ》いてきた。自分の体を見世物にされている、かわいそうな女の子たち。

だって、そうでしょう。

あたしたちの心と体は、あたしたちのもの。だれのものでもない。

少女の体が男たちの欲望《よくぼう》や誘惑《ゆうわく》の対象であって、いいはずがない。

日本のアニメに出てくる女の子たちがそのまま、日本の女の子ではないことを、あたしは祈《いの》ります。あんな絵を描《か》かれるなんて、死んでもいや。それならもっと、ぶあついスカーフをぐるぐる巻《ま》きにするほうがまし。

それにね、あのようなアニメを、もしも日本の女の子たちが幼《おさな》いころからどんどん、見たくもないのに見せられていたら、どうなるかってこと。女の子たちは一生けんめい勉強して、社会人になって、まじめに、きちんと仕事をしなくても、自分の体そのものが売り物になるんだと誤解《ごかい》してしまって、まともな仕事につくのがばかばかしいなんて、思うようにならないかしら。

叔母《おば》さんが教えてくれました。

何年か前に、世界中で、児童ポルノを禁止《きんし》しようっていう動きがあったとき、写真はすぐに禁止され、一部の国ではアニメも禁止したそうですが、日本をはじめとする一部の国々では、アニメやコミックや絵画やイラストは「表現《ひょうげん》の自由」だからってことで、禁止されなかったんだって。

だからあんなひどいアニメが世界中に散らばっているの。もちろん、すてきな作品もあるんだと思うけど、でも、児童ポルノはいやです。

気持ち悪い。吐《は》き気《け》がする。

子どもの売り買いや、子ども買春につながっているようなアニメは、ほんとうに恐《おそ》ろしい。絶対《ぜったい》にいや。それでお金をもうけている人がいるのだとしたら、そういう人たちは犯罪者《はんざいしゃ》だと思う。売っている人も悪いし、買っている人も悪いと思う。

もうひとつはね、イスタンブール条約《じょうやく》について。

これもすごく悲しくて、情《なさ》けなかったことだけど、トルコ政府《せいふ》はね、女性《じょせい》に対する暴力《ぼうりょく》を禁止《きんし》しようとするイスタンブール条約《じょうやく》から、離脱《りだつ》すると決めたの。つまり、この条約《じょうやく》には従《したが》わないって。大統領《だいとうりょう》の説明によると、この条約が同性愛《どうせいあい》の人たちの権利《けんり》を強調しているからなんだって。わが国の社会や家族とは、かけ離《はな》れたものになっているから、ってことだった。

悲しいことに、トルコでは、同性愛《どうせいあい》の人たちは差別されたままになっています。

ＬＧＢＴＱＩって、わかりますか。

そう、レズビアン、ゲイ、バイセクシャル、トランスジェンダー、クエスチョニング、インターセックス。みんな、その人たちが持って生まれた、自然な性《せい》でしょ。それが権力者《けんりょくしゃ》によって、ゆがめられようとしている。

これは、日本の、児童ポルノみたいなアニメと同じように、間違《まちが》っているとあたしは思うの。アニメを描《か》く人たちは、もしもこれが自分のたいせつな人、愛する人、たとえば自分の娘《むすめ》であったら、同じように描くのかどうか、そのことについて、考えてほしい。たとえ芸術《げいじゅつ》であっても、許《ゆる》されないことというのは、あると思う。

あなたは、どう思いますか。

あたしのほうがあなたにインタビューするみたいになって、ごめんなさい。

ただ、日本とトルコは昔から仲《なか》がいいし、親交も深いから、あたしは日本の女の子たちが置かれている状況《じょうきょう》に、とっても興味《きょうみ》があるの。そういえば、ＬＧＢＴＱＩに対する考え方も、やや保守的《ほしゅてき》というか、閉鎖的《へいさてき》というか、そういうところも、日本とトルコって、似《に》ていませんか。以前、日本の女性政治家《じょせいせいじか》が「同性愛《どうせいあい》のカップルには生産性がない」なんて、とんでもない発言をして、世界中の笑い者になっていたこともあったよね。

ああ、それから、インド。

インドの女性問題《じょせいもんだい》にも関心があります。興味《きょうみ》を抱《いだ》いて、インドに関する本を読んでいるうちに、知ったことなんだけど、インドでは、児童虐待《じどうぎゃくたい》、児童レイプ、児童婚《じどうこん》が深刻《しんこく》な社会問題になっている、というか、昔からずっと解決《かいけつ》できない問題として存在《そんざい》しているようです。どうしてなんだろう。カースト制《せい》と関係しているのかな。これについては、これからのあたし自身の課題として、追求してみたいと思っています。階《かい》級制度《きゅうせいど》と児童虐待の関係性《かんけいせい》について。

将来《しょうらい》の夢《ゆめ》？

どんな仕事がしたいかってこと？

それはね、ある国とある国、ある言葉とある言葉の架《か》け橋《はし》になるような仕事がしたい。ほら、あそこに見えているガラタ橋。あの橋はね、アジアとヨーロッパに、またがって架《か》かっているの。あの橋みたいな仕事がしたいな。

翻訳《ほんやく》とか、通訳《つうやく》とか、あとはなんだろう、観光ガイドかな。

トルコを訪《おとず》れた人たちに、トルコの魅力《みりょく》をたくさん伝えたい。

あたしの話を聞いてくださって、ありがとうございました。

十六歳《さい》って言ったら、あたしの基準《きじゅん》ではもう大人です。女の子はね、一刻《いっこく》も早く大人になって、女性《じょせい》への暴力《ぼうりょく》や虐待《ぎゃくたい》から自分の身を守る必要があるの。

さっきも言ったでしょ。

あたしの心と体は、あたしだけのもの。

これらは、たったひとつしかないものなの。

未来も、将来《しょうらい》も、人生も、生活も。

◆あなたの好きな木は？

テレピンの木。イスタンブールの有名な観光名所、トプカプ宮殿《きゅうでん》の庭にも生えています。アフロディシアス遺跡《いせき》でも見たことがあった。太い幹《みき》を持っていて、細長い葉っぱに、赤い小さな実をぎっしりとつけます。遠くから見ると、緑のなかに、赤い明かりがぽっぽっぽっと灯っているように見えて、とってもきれい。昔はこの木からテレピン油を取っていたので、あたしたちはテレピンの木って呼《よ》んでます。

7

武器《ぶき》のかわりにペンで、この世の悪と闘《たたか》うのです。

エイシャ・ネオギー（インド・67歳《さい》）

――トルコから日本へ戻《もど》って、いくつかの仕事を片《かた》づけたあと、年明けから、今度はインドへ行くことにした。トルコのクヌートさんの課題を、ぼくも追求してみようと思った。バックパッカーだったころ、四カ月ほど、鉄道を使ってインド各地を回ったことがある。インドの歴史は、気が遠くなるほど古い。紀元前２５００年ごろから、インダス川の周辺には、すでにインダス文明という文明が栄えていた。インドには、生まれたときから、その人の職業《しょくぎょう》が定められている身分制度《みぶんせいど》「カースト制《せい》」も根強く残っている。

作家であるネオギーさんとは、彼女《かのじょ》がアイルランドのダブリンで生活していたときに、知りあった。


ふたたびお目にかかれて、とてもうれしく思っています。

お元気そうで、何よりです。

わたしのことを思い出していただけて、光栄です。

さて、何からお話しいたしましょうね。

書くことが仕事だから、話すことはそれほど得意《とくい》ではないのですけれど、せっかくこうして会いに来てくださったあなたのために、一生けんめいお話しします。

インドってどんな国なの。

まず、ここから始めましょうか。

わたしが幼《おさな》い少女だったころ、詩人であり、作家でもあった祖父《そふ》がこんなことを言っていました。

「おまえはインドに生まれて幸せだ。インドに住んでいる限《かぎ》り、おまえは、インド以外の国へ旅をする必要がない。なぜなら『インドには世界がある』からだ」

幼《おさな》かったわたしに、この言葉の意味がわかっていたとは思えません。

世界のなかにインドという一国があるのであって、インドのなかに全世界があるなんて、おかしいのではないかと、わたしは祖父《そふ》に反発していたはずです。

けれども「インドには世界がある」という言葉は、それからずっと、わたしが成長し、大人になってからも、一時期、インドを離《はな》れていたときにも、結婚《けっこん》したときにも、子どもを産んだときにも、人生の節目節目で思い出すことになる、たいせつなキーワードとなり、また、常《つね》にわたしの心の新しい扉《とびら》をあける鍵《かぎ》でありつづけてくれました。

インドには世界がある。

きょうまでインド人として生きてきて、つくづく、この言葉は真理を言い当てていると思うのです。

だって、インド国内には、ヒンディー語、ベンガル語、マラーティー語、テルグ語、タミル語、ウルドゥー語、クジャラート語、カンナダ語、オリアー語、パンジャーブ語、マラヤーラム語、そして、英語、サンスクリット語のほかに、各地方の方言をふくめますと、八百以上もの言語が存在《そんざい》しているのですから。このため、同じインド人どうしでも、うまくコミュニケーションができない場合だって、あります。

イギリスの植民地だった時代には、子どもに英語教育を施《ほどこ》した親が多かったため、英語しか話せないインド人もいますし、地域《ちいき》や階層《かいそう》によっては、英語をまったく理解《りかい》できない人たちもいます。

言語ひとつをとっても、このありさまです。

ことほどさように、インドという世界を語るためには、とてもひと晩《ばん》やふた晩では語《かた》り尽《つ》くせないわけです。まるで『千夜一夜物語』のように、千の夜を費《つい》やして、語らなくてはならないでしょうね。

少女時代、何が好きだったかというと、それは絵本や童話を読むことでした。

そう、本が好きでした。片時《かたとき》も本を手離《てばな》さず、ほかの遊びやおもちゃには目もくれず、本ばかり読んでいました。

わたしにとっては「本のなかには世界がある」と思えていたのです。

いつか、本を書く人になりたい、という思いが芽生《めば》えたのは、五歳《さい》くらいのときでした。本の好きな少女は今も、わたしの胸《むね》のなかで生きています。

今、思い出すと笑ってしまうのですが、本好きな少女は「将来《しょうらい》、だれとも結婚《けっこん》はしない。ひとりで生きていく」と決意していました。

なぜなら、妻《つま》として夫を支《ささ》え、母として子育てだけに生きがいを見出《みいだ》して生きていくことを余儀《よぎ》なくされている母をそばで見ていて、決して幸せそうには見えなかったからです。母はわたしに多くを語りませんでしたけれど、きっと、妻《つま》・母以外に、なりたいもの、就《つ》きたい職業《しょくぎょう》があったはずです。

でも、母にはそういう選択肢《せんたくし》はなかったのです。親の決めた人と結婚《けっこん》し、家庭を築《きず》き、家庭を守ることが母に与《あた》えられた唯一《ゆいいつ》の仕事でした。インドでは伝統的《でんとうてき》、かつ、どこにでも転がっている普通《ふつう》の家庭です。それに満足できる女性《じょせい》は幸せに生きられますが、そうではない女性もいます。

母はいつも、腕《うで》にたくさんの腕輪《うでわ》を巻《ま》き、同じ腕に、実にたくさんの部屋の鍵《かぎ》をじゃらじゃらとつけた輪をぶら下げていました。腕輪は財産《ざいさん》、部屋の鍵も財産。彼女《かのじょ》は財産を管理する女性《じょせい》でもあったのです。それが主婦《しゅふ》としての彼女の誇《ほこ》りだったのでしょう。

少女時代のわたしは、廊下《ろうか》を歩く母がじゃらじゃらと、耳障《みみざわ》りな鍵《かぎ》の音をさせているのを聞きながら「わたしは、母のような生き方はするまい」と自分に言い聞かせるように思っていました。

家庭に閉《と》じこめられた財産管理人《ざいさんかんりにん》ではない生き方がしたい、と。

話が逸《そ》れてしまいましたが、インドには世界がある、について。

はい、民族や宗教《しゅうきょう》の多様性《たようせい》についても、これはもう言うまでもないことです。インドという国は、実に多様性に富んだ世界、そのものなのです。

裏《うら》を返しますと、貧富《ひんぷ》の差や階級による、生活様式やレベルの違《ちが》い、といったような、歓迎《かんげい》できかねない多様性《たようせい》が根強く存在《そんざい》しているのも事実です。

あなたもご存《ぞん》じのカースト制《せい》。われわれはこれを「ヴァルナ・ジャーティ制《せい》」と呼《よ》んでいますけれど、人間をバラモン（祭司《さいし》）クシャトリア（武士《ぶし》）ヴァイシャ（平民《へいみん》）シュードラ（隷属民《れいぞくみん》）の四つの身分に分けて、それぞれの就《つ》ける職業《しょくぎょう》までが厳格《げんかく》に決められている身分制度《みぶんせいど》ですね、これがインド社会の根底にあります。

事実上、インド憲法《けんぽう》で禁止《きんし》はされているものの、それは、カーストによる差別を禁止する、ということであって、カースト制《せい》そのものを禁止しているわけではないのです。

この身分制度《みぶんせいど》は、親から子へ、親になった子から子へと、世代を通して変わることなく引《ひ》き継《つ》がれていくものなので、隷属民《れいぞくみん》の子として生まれた子がどんなに努力をしても、それよりも上の身分にはなれません。

ひどい話だと思われますか。

しかしながら、生きているうちに、自分に与《あた》えられた身分と仕事をまっとうすれば、あの世ではかならず幸せになれる、と、多くの人々は信じています。

つまり、カースト制《せい》とは、来世《らいせ》の幸せを約束してくれる制度《せいど》でもあるのです。来世の幸せを信じて現世《げんせ》を生きる。これは、ヒンドゥー教に基《もと》づいた考え方です。

信仰心《しんこうしん》の強い人々の暮《く》らすインドから、カースト制《せい》がなくなることは、ないのかもしれません。

日本の江戸《えど》時代にも士《し》・農《のう》・工《こう》・商《しょう》という身分制度《みぶんせいど》があったようですけれど、現代《げんだい》の日本には、そんなものは影《かげ》も形も残っていないと聞きます。

カースト制《せい》を「職業選択《しょくぎょうせんたく》の自由はない」と考えるのか、それとも「職業《しょくぎょう》に貴賤《きせん》はない」と考えるのか。つまり、これは差別なのか、それとも宗教《しゅうきょう》に基《もと》づく社会制度《しゃかいせいど》なのか、ということですね。

これについては、わたし自身、白黒をつけることはできません。先進国の考え方からすればひどい制度《せいど》であっても、価値観《かちかん》や宗教観《しゅうきょうかん》がまったく異《こと》なる人々にとっては受け入れることのできる制度《せいど》である、ということです。田舎《いなか》と都会の違《ちが》いもあります。さまざまな地方から出てきた人たちが暮《く》らしている都会では、古い価値観が崩《くず》れて、新しい価値観が生まれやすいと思います。が、田舎ではそうはかんたんに進んでいきません。これはインドのカースト制《せい》に限《かぎ》らず、そうでしょう。

ただ、インド社会はこのままで良い、とは、わたしは思っていません。

やがて、カースト制《せい》に反対する人々が増《ふ》えていき、根底からくつがえされる日が来るのであれば、わたしは喜《よろこ》んでそれを受け入れたい。

え？　日本の学校にも、カースト制《せい》がある？

スクールカースト、ですか。

はじめて聞きました。

それはひどい話ですね。笑い事ではありません。もちろん、さまざまな子どもたちが集まっている教室で、特定のグループができあがるということは、それはあるでしょう。また、それを止めることもできないでしょう。

けれど、それらに上下をつけて、また、カーストと名前をつけること自体、どうかしている、と言わざるを得《え》ません。

いったいだれが名《な》づけたのですか。

インドのカースト制《せい》は、さきほども申しあげたように、宗教《しゅうきょう》と信仰心《しんこうしん》に基《もと》づいたものです。学校内で、子どもたちの個性《こせい》や好みによってできあがるグループとは、根本的に異《こと》なっています。

子どもたちのグループに優劣《ゆうれつ》をつけるなんてあまりにもひどいと思うし、日本の子どもたちには、そんなものにとらわれたり、ふりまわされたり、惑《まど》わされたりしないで、学校生活をもっとのびのびと、自由に楽しんでほしいなと思います。

話を元に戻《もど》します。

祖父《そふ》の言葉とは裏腹《うらはら》に、わたしはインドで大学を卒業したあと、アイルランドのダブリンにある大学に留学《りゅうがく》をしました。

インドの外からインドを見てみたかった、ということもありますし、祖父《そふ》と同じ作家になりたかったので、アイルランドの大学で文学を学ぶことにしたのです。

かねてより、オスカー・ワイルドやジェイムズ・ジョイスの作品を愛読していましたしね。あと、イエーツの詩も大好きで。

あなたに出会ったのは、ちょうどそのころのことでしたね。

その後、同じ大学で学んでいたイギリス人の夫と結婚《けっこん》しまして、家庭を作り、長くインドを離《はな》れて生活しておりました。

いつか、インドへ帰りたいと思いながらも、祖国《そこく》は「遠くで恋《こい》しく思っている世界」でありつづけたのです。もちろん、短い里帰りの帰国はしていましたけれどね。

五年ほど前に、夫に先立たれまして、何十年ぶりかで、わたしはインドに戻《もど》ってきました。

大きく変わってしまった景色もあれば、昔とまったく変わらない景色もありました。貧困《ひんこん》、汚職《おしょく》、不衛生《ふえいせい》な生活環境《せいかつかんきょう》、不十分な病院、清潔《せいけつ》な水の不足、子どもたちの栄養不足、大気汚染《たいきおせん》など、未解決《みかいけつ》の問題は相変わらず山積みです。

幼《おさな》い子どもたちがレイプされたり、人身売買や、強制労働《きょうせいろうどう》や、臓器《ぞうき》の強制提供《きょうせいていきょう》の対象とされる、といった、身の毛もよだつような問題も解決《かいけつ》されてはいません。幼女《ようじょ》のうちに結婚《けっこん》をさせられる児童婚《じどうこん》も、いまだに深刻《しんこく》な問題です。

その一方で、牛が列車のプラットホームをうろうろしていたり、道ばたでのんびり昼寝《ひるね》をしたりしている光景などを見ると「ああ、昔とちっとも変わらない。インドの牛は、幸せ者だなぁ」などと思って、頬《ほお》がゆるみました。ヒンドゥー教徒のインド人は、牛を食べないのです。

これまでに五作の長編小説《ちょうへんしょうせつ》を、ロンドンの出版社《しゅっぱんしゃ》から出すことができました。よろしければ差しあげますので、お持ち帰りください。

これから、しばらくのあいだ、アイルランドとインドを行ったり来たりしながら、自分の少女時代をふりかえりつつ「インドという世界に暮《く》らす女たちの物語」を書こうと思っています。

作家の仕事はペンを握《にぎ》って、作品を書きつづけることです。

武器《ぶき》のかわりにペンで、この世の悪と闘《たたか》うのです。

この世の悪とは、さきほどお話しした児童婚《じどうこん》、レイプ、人身売買などです。

インドが女性《じょせい》にとって安全で住みやすい国になったときに、初めて、インドには平和な世界がある、と、言えるようになるはずです。

そうそう、よかったら、今度、アイルランドへもいらっしゃいませんか。

アイルランドには、地球温暖化《ちきゅうおんだんか》の問題に取り組んでいる若《わか》い友人たちがいます。ぜひ、ご紹介《しょうかい》したいと思います。

◆あなたの好きな木は？

インド菩提樹《ぼだいじゅ》。この木の下で、ゴータマ・ブッダは仏教《ぶっきょう》の悟《さと》りを開きました。仏教はインドから中国へ、そして日本へと伝わっていきました。中学生だったころ、祖父《そふ》母《ぼ》といっしょに、インドの北東部にあるブッダガヤという小さな村へ行き、ブッダが悟りを開いたというインド菩提樹の木を見たことがあります。ちょうど、クリーム色の小さな花が満開になっていて、甘《あま》い香りがただよっていました。わたしも木の下に座《すわ》ってみました。インド菩提樹の語源《ごげん》は「悟り」を意味するサンスクリット語の「ボーディ」です。

8 わたしたちは木を植えます。地球を守るために。

ホリー・オーサリヴァン（アイルランド・15歳《さい》）

――インドから日本へ戻《もど》ってきて、一年半ほど、外国へ行く機会と時間はなかった。貯金も底を突《つ》いてきたし、ときどき体調を崩《くず》して、寝《ね》こんだりもしていた。生活費《せいかつひ》を稼《かせ》ぐための仕事をしながらも、どうしてもこのインタビュー集を完成させたい、という思いは募《つの》る一方だった。体調が回復《かいふく》したあと、とりあえず、アイルランドへ行こうと決めた。もちろん、エイシャさんとの約束を果たすために。ホリー・オーサリヴァンさんを紹介《しょうかい》してくれたのはエイシャさんだった。若《わか》い友人というので、どれくらい若いのかと

思っていたら、彼女《かのじょ》は十五歳《さい》だった。


こんにちは。はじめまして。

ホリーです。この子はライアンです。ノルウェジアン・フォレスト・キャットです。

ライアンっていうのは、ゲール語で「小さな王様」っていう意味です。

ライアンと出会ったのは、近所の森の小道です。

お父さんと散歩をしているとき、草むらからひょっこりと顔をのぞかせて「にゃあ、こんにちは」って、声をかけられました。

捨《す》てられたのか、道に迷《まよ》ってしまって家に戻《もど》れなくなったのか、わかりませんが、とりあえず、家に連れてかえって、ライアンはその日からうちの子になりました。

きょうだいがいなくて寂《さび》しかったので、ライアンが来てからは、毎日がとっても楽しくなりました。家にいるときは、いつも、ライアンといっしょです。

それまで、学校ではあまり友だちがいなかったんだけど、猫《ねこ》が好きな子と、猫の話をしているうちに親しくなれて、今では猫《ねこ》友だちがいっぱいいます。

ライアンは、わたしに、幸せと友だちを連れてきてくれました。

猫《ねこ》と暮《く》らすようになってから、それまでよりももっと、自分の身のまわりの自然に関心がわいてきました。

自然というのは、花とか、樹木《じゅもく》とか、小さな生き物とか、小鳥とか、そういうのをふくめて全部ってことです。

なぜなのかなって、考えてみました。

きっと、それは、猫《ねこ》っていう存在《そんざい》がそのまま「自然の一部」だからじゃないかな。

つまり、わたしは野生といっしょに暮《く》らしているってことになるのかな。

そんなわけで、わたしは地球環境《ちきゅうかんきょう》にも興味《きょうみ》を抱《いだ》くようになりました。

そう、環境問題《かんきょうもんだい》です。

それまでは、そんなこと、大人が考えることだって決めつけていたけれど、そうじゃないんだなって、思うようになりました。

友だちともよく、この話題でおしゃべりするようになりました。

つい最近、友だちの住んでいる町のはずれにある野原を、住宅街《じゅうたくがい》にする計画が持ちあがったそうです。

そこにはいろんな樹木《じゅもく》や草花が生えていて、池もあるので、いろんな生物が集まってきます。それらを全部、犠牲《ぎせい》にしてしまって、そこに百軒《けん》ほどの家を建てるということになったらしくて、住民たちは全員で、反対しているそうです。

わたしも話を聞いて、反対だと思いました。だから署名運動《しょめいうんどう》にも参加しました。

猫《ねこ》、友だち、環境問題《かんきょうもんだい》って、ひとつにつながっているものなんですね。

ね、ライアンってすごい猫《ねこ》でしょう。


わたしは今、中等教育の学校に通っています。

アイルランドでは、四歳《さい》か五歳のときから約八年間、初等教育を受けて、そのあと、十八歳までの六年間、中等教育を受けます。十五歳までは、義務教育《ぎむきょういく》です。

わたしたちのクラスでは今、森林保護《しんりんほご》プロジェクトに取り組んでいます。

ご存《ぞん》じのとおり、二酸化炭素《にさんかたんそ》の放出による温暖化現象《おんだんかげんしょう》などによって、地球は今、たいへん危機的《ききてき》な事態《じたい》に追いこまれています。

このままでは、地球はぼろぼろになって、人も生物たちも安心して住めなくなってしまいます。

では、どうすればいいのか。

だまって見ているだけで、いいはずはありません。

わたしたちに何か、できることはないだろうか。

クラスで意見を出しあって、話しあった結果、わたしたちは「あること」を思いつきました。

あることとは、木を植えることです。

木をたくさん植えれば、つまり、木を増《ふ》やせば、二酸化炭素《にさんかたんそ》の削減《さくげん》につながります。

樹木《じゅもく》たちが二酸化炭素を吸収《きゅうしゅう》してくれるからです。

「カーボンニュートラル」という言葉を、ご存《ぞん》じですか。

排出《はいしゅつ》される二酸化炭素《にさんかたんそ》と同じ量を、植樹《しょくじゅ》などの方法で吸収《きゅうしゅう》して、排出量《はいしゅつりょう》をプラス・マイナス・ゼロにする、という意味です。

そうすれば、温暖化現象《おんだんかげんしょう》にストップをかけることができます。

アイルランドでは、牧畜《ぼくちく》や農業がさかんです。

そして、使われなくなった農地もあります。

たとえば、使われなくなった農地を放っておいても、どこからか、木の種が飛んできます。風や小鳥が運んでくることもあります。そうすると、種はそこで根づいて、成長して、木になります。

本来、森林には、自然に再生《さいせい》する力があります。

けれども、このような自然な再生《さいせい》には長い時間がかかります。

今の地球は、その長い時間を待つことができなくなっている、ということなんです。

だから、わたしたちは、農地や牧地に木を植えて、森林をよみがえらせるプロジェクトを始めたのです。


地球上には約三兆本の木が生えています。

そのうち、１５０億本を毎年、人間は切《き》り倒《たお》しています。切り倒して、材木として使ったり、伐採後《ばっさいご》の土地に工場を建てたり、町を作ったり、そこで農業をしたりしています。

農業が始まって以来、人間は、地球上の、約半分に近い数の樹木《じゅもく》を伐採《ばっさい》してきたのです。

このままでは、二酸化炭素《にさんかたんそ》は増《ふ》えるばかりで、世界の各地で、気候変動が起こり、自然災害《しぜんさいがい》がつぎつぎに起こり、海面の上昇《じょうしょう》も進んでいきますから、住めない土地も出てきます。

そうすると、国と国が、住める土地を巡《めぐ》って、戦争を始めるかもしれません。

さっき、わたしが話した「地球はぼろぼろになる」というのは、決してオーヴァーではない、とわかっていただけるでしょう。

わたしの親戚《しんせき》のおばさんのひとりは、アメリカの東海岸にある、ウッドストックという村で暮《く》らしています。州はニューヨーク州です。

ウッドストックの意味は「木がたくさん」です。

その名のとおり、おばさんは、豊《ゆた》かな森のなかで暮《く》らしています。

わたしも何度か、遊びに行ったことがあるのですが、家のまわりは森で、森には、鹿や、黒くまや、りすや、うさぎや、七面鳥なども暮《く》らしています。

庭には自然にできた池があって、そこにも小さな生物がたくさん住んでいます。楽しい森です。

おばさんはいつも、こう言っていました。

「アメリカは国土がとても広いから、自然がすごく豊《ゆた》かだから、だからこそ、環境問《かんきょうもん》題《だい》を真剣《しんけん》に考えられないのではないか。こんなにも豊かな自然があるのに……と、つい思ってしまうから」

ところが最近では、こんなことを言うようになっています。

「もう、はっきりと目に見える形で、環境《かんきょう》はだめになってきている。冬に降《ふ》るはずの雪が降らない。雪よりも雨が増《ふ》えてきて、すずしかった夏は猛暑《もうしょ》になり、気候が変わってしまった。森の生物たち、植物たちも困《こま》っているようだ。なんとかしないといけない。でも、どうすればいいのか、わからない。ごみ拾いや、リサイクルや、エコバッグだけで解決《かいけつ》できるんだろうか」

わたしはおばさんに話しました。

農地に木を植える運動を起こしたらどうですか、って。

ニューヨーク州の田舎《いなか》には、アイルランドと同じように、使われていない農地や牧地もたくさんあるそうです。

そこに木を植えたらいいのではないかって、わたしは教えてあげました。

先週末、クラスの遠足で、使われなくなっている農地へ行って、みんなで木を植えました。

さっきもお話ししたように、植樹《しょくじゅ》をすることによって、森の再生《さいせい》は早まります。

わたしたちは木を植えます。

地球を守るために。

アイルランドは「緑の国」です。

国のシンボルカラーは緑なんです。

この緑色のTシャツ、よかったら、あなたにプレゼントします。

その葉っぱのマークはね、シャムロック。

ちょっとクローバーに似《に》てるでしょう。

アイルランドに、キリスト教を伝えた聖人《せいじん》・パトリックの命日には、みんな、緑の洋服を着たり、緑の帽子《ぼうし》をかぶったり、シャムロックを象《かたど》ったアクセサリーを身につけたりして、お祝いをするんです。

じゃあ、またいつか、きっと、どこかで会えますように。

そのときには、アイルランドだけじゃなくて、地球が緑でいっぱいになっていますように。


次は、どこへ行くんですか。

えっ！　アフリカ！

わー、いいなぁ。

わたしもいつか行ってみたいな。

アフリカの森がどんなふうになっているのか、しっかりと見てきてくださいね。

◆あなたの好きな木は？

いっぱいありすぎて、ひとつに決めるのがむずかしいけど、野薔薇《のばら》の木かな。花屋さんで売られている薔薇《ばら》よりも、野原で咲《さ》いている薔薇のほうが強くてかわいい。野原を散歩していると、どこからか飛んできた種から生えた野薔薇の木をよく見かけます。花びらはひとえで、花の色は白か薄《うす》いピンク。秋になると赤い実をたくさんつけて、小鳥たちのごちそうになります。うちでは、その赤い実を乾燥《かんそう》させて、ローズヒップティーを作って飲んでいます。

9

おれはこの河《かわ》と共に生きてきたし、これからも生きていく。

サレ（コンゴ民主共和国・55歳《さい》）

――アイルランドから東京へ戻《もど》ってきて、アフリカへ行く前に、およそ半年をかけて、八人分の原稿《げんこう》をまとめあげた。それまではまだ、はっきりとつかめていなかったこのインタビュー集のテーマが、ぼんやりとではあるけれど、浮《う》かんできた。アフリカ大陸の地図を眺《なが》めながら、アフリカのどこへ行こうか、思いを巡《めぐ》らせた。アフリカ大陸にある国としては、かつて、モロッコへは行ったことがあった。今回は、初めての国へ行ってみたかった。縁《えん》というのは不思議なもので、たまたま舞《ま》いこんできた書評《しょひょう》の仕事があっ

て、その本は、コンゴ民主共和国へ旅した人の書いた旅行記だった。すごくおもしろい！
よし、コンゴ民主共和国へ行こう、と決めた。現地《げんち》で取材中、ベテランのガイドと知りあって、話を聞かせてもらえることになった。これも縁《えん》だなと思った。

サレって、呼《よ》んでくれていいよ。
おれの名前はね、実はもっと長いんだよ。
この国ではみんな、長〜い名前を持っている。いっぺんでは、とても覚えられない。
だから「サレ」でいいよ。
しかし、あんたも、なかなか冒険心《ぼうけんしん》と好奇心《こうきしん》があるね。
見上げたもんだよ。
おれの漕《こ》ぐ丸木舟に乗って、コンゴ河《がわ》を下っていく旅をしたい、とはね。
ああ、いいだろう。
とことんつきあうよ。
旅にも、話にもね。友人も紹介《しょうかい》するよ。

ただ、昔は、この村から、コンゴ民主共和国の首都、キンシャサまで丸木舟で行けたんだが、今はやめたほうがいい。かつて紛争《ふんそう》があったとき、おおぜいの兵士《へいし》たちが武装《ぶそう》したまま、河《かわ》のそばのジャングルに逃《に》げこんでね、そいつらは生きていくために、ときどき舟を襲《おそ》って、乗客から泥棒《どろぼう》をする。

そんなことになったら、やばいだろ。

まあ、ここから二百キロくらいのところまでだったら、軍の監視《かんし》なんかもあるから、大丈夫《だいじょうぶ》だろう。三日もあれば、村に着く。

そこでまた、三日くらい待てば、キンシャサへ行く輸送船《ゆそうせん》が来るだろうから、それに乗《の》りかえて行くといいよ。二週間くらいで、着くはずだ。

じゃあ、三日間、よろしくな。

あ、さっき、コンゴ民主共和国って言っただろ。すぐ隣《となり》にな、コンゴ共和国ってのもあるんだ。うん、別々の国だよ。間違《まちが》えないでくれよ。

じゃあ、まず、コンゴ民主共和国の歴史について、かんたんに話すよ。

もともとは、ベルギーの植民地だった。

1960年に独立《どくりつ》して、コンゴ共和国になった。

その後、クーデターとか、いろいろあってね、1971年にはザイール共和国になったんだ。コンゴの前はザイールだったってこと。

その後、1996年から1997年まで、第一次内戦があってね。内戦が一応《いちおう》、終わったとき、国の名前がまた変わって、コンゴ民主共和国になったってわけ。

そのあとも、1998年に第二次内戦があったんだ。

そう、内戦に次ぐ内戦で、わが国の政情《せいじょう》も治安も国民の生活も、残念ながら、ひじょうに不安定な状態《じょうたい》だ。

アフリカ大陸にはね、いろんな部族が暮《く》らしていて、仲《なか》の悪い部族もいるんだね。だから、各地で争いが絶《た》えない。情《なさ》けないことだけどね。

地図で見たらよくわかると思うんだけど、アフリカ諸国《しょこく》の国境《こっきょう》って、まっすぐになってるだろ。これはなぜかというと、十九世紀の終わりごろ、ヨーロッパの国々がそれぞれの植民地を決めるために、アフリカ大陸を、緯度《いど》や経度《けいど》で分割《ぶんかつ》してしまったせいなんだ。つまり、民族、部族、文化、生活習慣《せいかつしゅうかん》、宗教《しゅうきょう》の違《ちが》いなんかを無視《むし》して、勝手にひとつの国としてまとめてしまったってことだね。

だから、内紛《ないふん》が多くなってしまった。

コンゴの場合には、ベルギーがコンゴを支配《しはい》しやすくするために、一部の部族に武《ぶ》器《き》を与《あた》えて、ほかの部族を支配させるようにしたんだ。と、まあ、こういういきさつがあって、コンゴ国内では争いが絶《た》えないってわけ。

しかし、誤解《ごかい》してほしくないんだが、コンゴにおける紛争《ふんそう》の原因《げんいん》は、そして、コンゴ以外の紛争だって、それだけが原因じゃない。

もっと複雑《ふくざつ》な問題がひそんでいる。

醜《みにく》い問題というか、根深い問題というか、汚《きたな》い問題かもしれないな。

なんといってもアフリカは、天然資源《てんねんしげん》が豊富《ほうふ》だろ。

たとえば、わが国の場合には、パーム油、綿花《めんか》、コーヒー、木材、天然ゴム、銅《どう》、コバルト、ダイヤモンド、金、などなど、天然の真珠《しんじゅ》とかも取れる。

こういった資源《しげん》を巡《めぐ》って、武装勢力《ぶそうせいりょく》を有する集団《しゅうだん》と集団が対立したり、近隣《きんりん》の国々や先進国の連中が利権《りけん》を狙《ねら》って介入《かいにゅう》したりしてくるから、いつまで経《た》っても、争いが終わらないんだ。

情《なさ》けないことさ。こんなに豊《ゆた》かな大自然に恵《めぐ》まれているのに、そのせいで、人々が争うなんてね。

ああ、ひとつ、思い出した。

天然資源《てんねんしげん》のなかに「タンタル」っていう、珍《めずら》しい鉱物《こうぶつ》があるんだけど、これは、家庭用ゲーム機なんかにも使われているものなんだ。それで、複数《ふくすう》の会社が監視団体《かんしだんたい》の目をくぐり抜《ぬ》けて、このタンタルの獲得《かくとく》に乗り出した。

タンタルは、武装勢力《ぶそうせいりょく》の資金源《しきんげん》にもなっている、いわゆる「紛争鉱物《ふんそうこうぶつ》」なんだ。

紛争地域《ふんそうちいき》から鉱物《こうぶつ》を買ってはいけない、という国際的《こくさいてき》な約束事があるのに、一部の企業《きぎょう》はこれを無視《むし》したんだね。目的は、会社の利益《りえき》のため。

困《こま》ったもんだよ。先進国の子どもたちがゲーム機で楽しく遊んでいるというのに、こっちの子どもたちは、戦争や貧困《ひんこん》や飢餓《きが》で苦しんでいるんだからね。
悪いね。こんな美しい風景のなかで、醜《みにく》い争いの話をするなんてね。

どうだ、すばらしい河《かわ》だろう。
この、たっぷりとした水と、目に染《し》みるような空の青と、濃密《のうみつ》なジャングルの緑。
おれはこの河《かわ》と共に生きてきたし、これからも生きていくよ。
子どもか。
ああ、五人いるよ。
上の三人は、首都で仕事をしている。
下のふたりは学校へ通っている。
子どもはいいね。おれの財産《ざいさん》だよ。心の財産という意味だよ。
妻《つま》はね、隣《となり》の村から仕入れてきたパーム油を、市場へ持っていって売っている。
それと、おれが丸木舟で稼《かせ》いだ金で、生計を立てているんだ。
アメリカ人旅行客や日本人旅行客を乗せたこともあるよ。

でも、あんたみたいなひとり旅の人は、初めてだな。

ほら、見てごらん。

あれは、材木を運んでいる大型船だ。

積みこまれている大木は、輸出用《ゆしゅつよう》だよ。

わが国、隣《となり》のコンゴ共和国、中央アフリカ共和国、カメルーン、ガボン、赤道ギニアに、またがっている広大な熱帯雨林はね、およそ１５０万㎢もある。うち六割《わり》は、わが国の森林なんだ。南米大陸のアマゾンの次に広大な森なんだよ。

日本の面積ってどれくらい？

え、たった３８万㎢しかないのか。

日本もすっぽり埋《う》まってしまうほどの、この森がね、２０００年から２０１０年のあいだに、毎年、３５００㎢ずつ、消えていっているんだ。これはものすごい消失だ。

なぜかって。

それは、見てのとおり、木材を輸出《ゆしゅつ》するためだよ。それだけじゃない。伐採《ばっさい》したあと、焼畑をして、そこで農業をおこなうためでもある。

森林伐採《しんりんばっさい》と農業の問題はね、一筋縄《ひとすじなわ》では解決《かいけつ》できないんだ。

さっきも話したとおり、わが国は天然資源《てんねんしげん》に恵《めぐ》まれている。

だから、輸出業《ゆしゅつぎょう》で利益《りえき》を得《え》られるし、その利益によって都市は発展《はってん》する。すると、人口は都会へ流れていく。そのせいで、農村と農業が衰退《すいたい》していく。そうなると、農産物はよその国から輸入《ゆにゅう》しなくちゃならない。

さっき、市場で売られていた野菜、びっくりするくらい値段《ねだん》が高かっただろ。あれは、南アフリカからの輸入品《ゆにゅうひん》だからだよ。

こんなに豊《ゆた》かな自然があるのに、農産物を輸入《ゆにゅう》に頼《たよ》らないといけないって、情《なさ》けないだろ。でもこれがおれたちの現実《げんじつ》なんだ。

農村の貧困問題《ひんこんもんだい》を解決《かいけつ》するためには、森林を農業地に変えて、つまり、森林を破壊《はかい》して、そこを畑にして、農作物を作っていくしか、道はないんだ。

だからね、森林保護《しんりんほご》とひとくちに言っても、ただ森林を守ればいいって問題じゃないんだ。もちろん、おれたちだって、守れるものなら守りたいよ。だけど、じゃあ、どうやって食べ物を得《え》たらいいのかってことだよね。森林を破壊《はかい》するなって、ひたすら叫《さけ》んでいる先進国の奴《やつ》らには、そこんところ、ちょっと考えてほしいな。

ああしろ、こうしろって言う前に、おまえらがやってることを考えなよって。

アフリカ大陸のすぐ近くにあるヨーロッパ諸国《しょこく》、先進国EUでは、みんなどういう暮《く》らしをしているのかなぁって、よく想像《そうぞう》するよ。資源《しげん》をちゃんと有効《ゆうこう》に使っているのか、無駄《むだ》にはしていないか、すごく気になるなぁ。

日本はどうだい。食べ物は無駄にしてないか。

ああ、しゃべりつづけてたら、腹《はら》が減《へ》ってきた。

あんたも食うか。

これ「ポセ」っていうんだ。ただの芋虫《いもむし》だけどさ。

おいしいよ。

栄養もたっぷりだ。

おれが調理してやるから、遠慮《えんりょ》しないで食べてくれ。

そこにあるバナナも食べてくれていいよ。

◆あなたの好きな木は？

ココ椰子《やし》。これは万能《ばんのう》の木だ。実のココナッツは、食料にもなるし、穴《あな》をあけて果汁《かじゅう》を飲むこともできるし、油も取れるし、茎《くき》や葉っぱは建材として使えるし、実を包《つつ》んでいる繊維《せんい》はロープにしたりできるし、まったく無駄《むだ》のない木だよ。

10 ボクのヒーローは、キマイラ。ちきゅうを救《すく》うかいぶつだよ。

ディミトリス・パツァツォグル（ギリシャ・8歳《さい》）

——アフリカ大陸をあとにして、ヨーロッパの南方にあるギリシャへ。ギリシャは過《か》去《こ》に何度も訪《おとず》れたことがあったので、なつかしい町や村をバスで回ったり、知人に再会《さいかい》したり、のんびりとエーゲ海の島々を巡《めぐ》ったりして、しばしバカンス旅行を楽しむことにした。その途中《とちゅう》で立《た》ち寄《よ》った、小さな町のレストランの庭で遊んでいた男の子が「どこから来たの」と、ぼくに興味《きょうみ》を持ってくれて、インタビューが始まった。これは楽しい出会いだった。こういうことがあるから、旅はやめられない。地球人インタビューは

くせになる！

きのうから、夏休みが始まったんだ。

三か月も、あるんだよ。それでね、三か月のあいだ、じゅぎょうも、しゅくだいも、学校もないの。あ、学校はあるんだけど、行かなくていいんだ。やったー！

なにをして遊ぼうかな。

やりたいことが多すぎて、こまってしまう。

あれもしたい、これもしたい、そうぞうするだけで、楽しくて、体がばらばらになりそう。

おばあちゃんは、お店のてつだいをしなさいっていうけど、そんなのしない。

だって、やっきょくのおてつだいなんて、つまんないもん。

くすりをうるだけなんて、やーだもん！

ボクはいま、小学校二年生です。

おとうさんは、おばあちゃんといっしょに、やっきょくの仕事をしています。おかあさんは、中学校の先生をしています。きょうだいはまだ、いないんだけど、でも、いまは、おかあさんのおなかのなかにいます。

わあ、すごいな。子どもがおなかのなかにいるって、どんな感じなんだろう。

あのね、女の子なんだって。だからボク、来年からはおにいさんなんだよ。すごいでしょ。いもうとが生まれるころには、おかあさんとおとうさんのしんせきの人がうちにやってきて、みんなでいろんなおてつだいをすることになっているんだ。これはギリシャでは、ふつうのことなんだよ。

英語はね、ようちえんのころから、べんきょうしてきた。ギリシャの子は、みんなそうなんだよ。ギリシャ語と英語のバイリンガル。

それでね、五年生になったら、小学校で、第二がいこく語をえらぶんだ。フランス語か、ドイツ語の、どっちかをえらぶんだけど、ボクは、フランス語にするんだ。だって、かっこいいもん。

フランス語をマスターしたあとはね、スペイン語のべんきょうもしたいんだ。スペイン語ができるようになれば、スペインやメキシコだけじゃなくて、南アメリカ大陸へ行ったとき、いろんな国で使えるでしょ。

ボクは、ギリシャのしゅと、アテネで生まれて、そのあとで、ペロポネソス半島にあるこの村、ナフプリオに引っこしてきました。

引っこしのおてつだいは、ちゃんとしたよ。

だって、ボクのおもちゃも、ぜんぶ、はこばないといけなかったしね。

あなたは、どうやって、ここまで来たの？

バス？　ああ、ボクらがいつも乗ってるバスだね。

ここ、すてきな町でしょ。

パラミディの砦《とりで》には、もう登った？

まだ？　だったら、あとでいっしょに登る？

ボク、あんないしてあげるよ。友だちもさそってくるからさ。

アテネは、人がいっぱいいて、車もたくさん走っていて、空気もよごれていたけど、ここはアテネとはぜんぜんちがって、目の前は海で、いつだって青い空と青い海が広がっていて、植物もいっぱいで、花もいっぱいで、それと、ねこがいっぱい。ゆかいな町だよ。

ボク、ねこがとっても好きだから、すぐに、ねこたちと友だちになったんだ。ねこと友だちになる方法、おしえてあげようか。

まず、ねこを見つけたら、じぶんのひたいを、ねこのひたいに近づける。そのとき、ねこが走りさっていったら、すぐに友だちになるのは、むずかしい。しんぼうづよく、努力するしかない。

でも、ねこがひたいをすりよせてきたら、それは「友だちになってあげる」という意味なんだ。あ、そういうときにはね、しっぽをピーンと立てているんだよ。

でね、友だちになったら、なまえをつけてあげるんだ。

ボクはだいたいは、ギリシャ神話に出てくる神様のなまえをつけてあげる。アレス、ヘルメス、アポロン、ポセイドンってね。

次の日からは、そのなまえで呼《よ》ぶ。

これで、友だちになれる。

ナフプリオでは、ねこたちは自由に、町のなかで楽しく、気ままに暮《く》らしているんだ。町の人たちがみんなで、ねこたちに、ごはんをあげているの。あまった食べ物をむだにしないためにも、これはとってもいい方法だと思う。

おばあちゃんはいつも、こう言ってる。

「ねこが楽しく、しあわせに暮《く》らせる町は、人間にとっても楽しくて、幸せに暮《く》らせる町なんだよ」

ボクもそう思う。どうぶつをいじめたり、どうぶつをないがしろにしている社会は、さいていの社会だ、って、これは学校の先生が言ってたこと。


ボクのヒーローは、キマイラ。ちきゅうを救《すく》うかいぶつだよ。

この子もね、ギリシャ神話に出てくるの。

からだは山羊《やぎ》で、頭はライオンで、しっぽは蛇《へび》なんだ。

火山で生まれたかいぶつだから、怒《おこ》ると、火を噴《ふ》くの。

神話では、ペガサスに乗った男にやっつけられちゃうんだけど、ボクのキマイラは、ちがうんだ。

キマイラは、ちきゅうを救《すく》うために、神様がちきゅうにつかわしたかいぶつだから、かんきょうはかいをしたり、森林はかいをしたり、どうぶつや弱い人間をいじめたり、海にごみをすてたり、そういう悪いことをしている人間を、ガーッと火を噴《ふ》いて、こらしめるんだ。正義《せいぎ》のかいぶつだよ。


ギリシャの海はね、ミネラルやヨードがたくさんふくまれているから、海水浴に行くと、体が強くなるんだよ。

ボクは毎日、海で泳いでいるから、ほら、こんなに元気なんだ。

ちきゅう温暖化《おんだんか》のせいで、海面が上がってきたら、ナフプリオが海に沈《しず》んでしまうかもしれない。そんなのいやだよ。ぜったいにこまる。

あとは、海が汚《よご》れて、プラスティックのごみがいっぱい流れてきたら、魚が獲《と》れなくなって、漁師《りょうし》さんはすごくこまるし、漁師さんから、あまった魚をもらっているねこたちもこまる。だから、海がいつまでもきれいでいてくれなくちゃ、こまるんだ。

そのためにはね、森が豊《ゆた》かなままでなくちゃいけない。

森と海は、ひとつにつながったものだから。

キマイラには、そのことがよくわかっているの。

あ、あとで、キマイラの絵、見せてあげるね。

ボク、この絵で、絵画コンクールのさいゆうしゅうメダルをもらったんだよ。おばあちゃんのお店のかべに飾《かざ》ってあるんだ。

ある日、それを見た、スペインから来たかんこうきゃくの人が、すっごくいい絵だって、ほめてくれたんだって。女の人だったらしいよ。ボクは会ってないんだけど。おばあちゃんによると「たくましいお姫様《ひめさま》」みたいな人だったんだって。

ボク、画家になれるかなぁ。

そうしたら、すごく有名な画家になって、ボクの絵が日本のびじゅつかんに飾《かざ》られるといいなぁ。そうなったら、見に行ってくれる？

あなたの好きな木は？

オレンジ。道を歩いていたら、そよ風にのって、オレンジのかおりがただよってくるでしょう。そうしたら、その道の先には、オレンジの並木《なみき》があるってこと。オレンジの花は白くて小さくていいかおり。小さな花から、まるまると太ったオレンジができあがる。重すぎて、道ばたに落ちてしまうオレンジもある。ひろって、食べてもいいんだよ。のどがかわいているときには、水のかわりにオレンジをどうぞ。

11

だれかに愛を注げば、
その愛で、自分も幸せになれる。

アマンダ・バルリエントス（スペイン・21歳《さい》）

――ギリシャからスペインへ。スペインでは、まっさきに、バルセロナを訪《おとず》れようと決めていた。なぜなら、ギリシャで出会ったディミトリスくんのおばあさんから「たくましいお姫様《ひめさま》」の連絡先《れんらくさき》を教わっていたから。まさか、スペインでも、たくましいお姫《ひめ》様《さま》に会えるとは！　高木《たかぎ》くんと菊池《きくち》さんと片岡《かたおか》さんにも報告《ほうこく》した。スペインの数ある町のなかで、バルセロナへはまだ行ったことがなかったから、楽しみでならなかった。

サグラダ・ファミリアは、もう見てこられましたか。

内部も外部も、どこからどう見ても、すばらしいですよね。

わたしは、ジローナ県にある古い村、ベサルーというところで生まれ育って、大学生になってから、ここ、バルセロナで暮《く》らしているんですけど、初めて、サグラダ・ファミリアのなかに入ったときの感動は、今、思い出しても、胸《むね》が震《ふる》えます。

ちょうど、そのころ、自分の将来《しょうらい》のことや、つきあっている人のことや、家族の抱《かか》えているトラブルのことなど、複数《ふくすう》の悩《なや》みが重なって、押《お》しつぶされそうになっていたんだけれど、サグラダ・ファミリアを訪《おとず》れて、静かに祈《いの》りを捧《ささ》げていると、心身のすみずみまでが清められ、深く癒《いや》されていくのを実感しました。

何かに守られている、支《ささ》えられている、わたしはひとりではないんだって、感じることができたのです。そういう力がありますね、あの教会には。

ガウディは偉大《いだい》な芸術家《げいじゅつか》です。

バルセロナの町そのものが彼《かれ》の作品だ、と言っても過言《かごん》ではないでしょう。

わたしも大学で美術《びじゅつ》を学んでいます。

まだ、専攻《せんこう》は決めていなくて、油彩《ゆさい》、水彩《すいさい》、エッチング、西洋絵画、日本絵画、彫刻《ちょうこく》、版画《はんが》、デザインなど、今はとにかく、なんでも欲張《よくば》りに、勉強していこうと思っています。

いちばん上の姉がバルセロナのグラシア地区で、画廊《がろう》とアートショップを経営《けいえい》しているので、将来《しょうらい》、その画廊とショップに、自分の作品を展示《てんじ》し、販売《はんばい》してもらえるような、そんなアーティストになれたらいいなぁ。

今、夢中《むちゅう》になっていること、ですか。

それは、ボランティア活動です。

大学に入ってからつきあい始めて、でも、すぐに別れてしまった人がいたのですが、その人から紹介《しょうかい》されて、活動に参加するようになりました。

視覚障害《しかくしょうがい》のある人、その他の障害のある人、高齢者《こうれいしゃ》、子ども、そして難民《なんみん》たちのために福祉活動《ふくしかつどう》をしている組織《そしき》「カリタス」に登録し、週に三日、大学の授業《じゅぎょう》が終わったあと、活動に参加しています。

これから夏休みが始まるので、ほとんど毎日、ボランティアに出かける予定です。夏休みに参加する予定のボランティアは、なんらかの理由で、学業がひどく遅《おく》れていたり、よその国からやってきて、スペイン語がまだうまく話せない子どもたち、だいたい六歳《さい》から八歳くらいの子どもたちの、勉強を見てあげる、という内容《ないよう》です。勉強だけじゃなくて、いっしょに遊んであげる。遊びと勉強の両方を通して、子どもたちの学業の手助けをし、心に傷《きず》を負っている子の回復《かいふく》にもつながるように、努めます。

わたしは子どもたちに、絵画を教えています。カーニバルやお祭りなどが近づいてきたら、仮装行列《かそうぎょうれつ》のための衣装《いしょう》や、お面を作ったりもします。あとは、みんなでいっしょに、大きな一枚《まい》の絵を描《か》いて、その絵を建物の壁《かべ》に飾《かざ》ったり、お店の壁に飾《かざ》ったりしてもらっています。

絵は、言語を超《こ》えたコミュニケーションの手段《しゅだん》のひとつです。

最初は、じっと黙《だま》って、部屋のすみっこのほうで、さびしそうにしていた子たちがいっしょに絵を描《か》くことによって、どんどん自分の心を開いて、友だちを作っていく様子を見ていると、わたしの心の扉《とびら》も、大きく開いていくのがわかります。

だれかに愛を注げば、その愛で、自分も幸せになれる。

これがボランティアの魅力《みりょく》です。子どもたちのためにやっているのではなくて、いつのまにか、自分のためにやっているんだなってわかるんです。


つきあっていた人のことは、すごく好きだったけれど、途中《とちゅう》から、このままではどうしてもうまく、やっていけないな、と思うようになりました。

それは、わたしがトランスジェンダーだからです。性同一障害《せいどういつしょうがい》とも呼《よ》ばれています。

わたしは、女性《じょせい》の体を持って生まれましたけれど、内面は完全に男性《だんせい》なんです。

生まれたときから、そうでした。幸いなことに、家族は早い段階《だんかい》から理解《りかい》を示《しめ》してくれました。

でも、大学に入って初めてできた恋人《こいびと》は、このことに抵抗《ていこう》を示《しめ》して、どうしても理《り》解《かい》してくれなかったのです。彼女《かのじょ》は同性愛者《どうせいあいしゃ》だったから、女性《じょせい》としてのわたしを愛することはできるのです。でも、男性《だんせい》としてのわたしは、それに対して違和感《いわかん》がある。

満足できない。

彼女《かのじょ》は彼女で、わたしが男性であると思うと、抵抗感《ていこうかん》があって「どうしても、だめなの」と、泣きながら言いました。

悲しいことだけれど、わたしは彼女《かのじょ》を愛していたから、彼女が幸せになれるよう、別れることにしたのです。

でも、一度、出会った人との別れというのは、実はありません。たとえ別れても、心のなかで思いつづけていれば、それはいつもいっしょってことでしょう。言ってしまえば、死でさえも、人と人を切《き》り離《はな》すことはできない。わたしはそう考えています。またいつか、彼女《かのじょ》と再会《さいかい》したら、そのときには、やり直せるかもしれない。

今でもときどき、連絡《れんらく》を取りあっています。だって、きらいになって別れたわけではないから。

子どもたちを見ていると、幼《おさな》いときには、偏見《へんけん》なんて、だれも抱《いだ》いていないんだなってことがよくわかります。

差別や偏見《へんけん》は、学校や社会によって、作られていきます。

このあいだ、ある雑誌記者《ざっしきしゃ》が「女性《じょせい》の心を持った男性《だんせい》」への激《はげ》しい批判《ひはん》をしたため、多くの読者からの反感を買った、という記事を読みました。

その記者が言うには、そういう男性《だんせい》が女性《じょせい》のトイレに入るのは許《ゆる》せないんですって。女性記者なんですけれど、彼女《かのじょ》は何かを、大きく履《は》き違《ちが》えているんだなぁ、と思ったものです。

わたしは男性《だんせい》です。

そして、心を惹《ひ》かれるのは、わたしの場合には、いつも女性《じょせい》なんです。

これは、自分でも変えようのない、わたしのネイチャーであり、本能《ほんのう》であり、個性《こせい》であり、あとはなんでしょう、意志《いし》のようなものなのかもしれません。

だれにだって、訳《わけ》もなく人を好きになるってことは、あるのではないでしょうか。

わたしの場合もそれと同じなんです。女性《じょせい》を好きになるのは、わたしにとって自然なこと。そのことが社会から認《みと》められず、異常《いじょう》とされる。このことの悲しさをわかっていただけますでしょうか。人を好きになるってことを否定《ひてい》されるなんて、悲《かな》しすぎるでしょう。

このあいだ、子どもたちといっしょに、ＬＧＢＴＱを絵画で表現《ひょうげん》しました。最初は人間だけを描《か》いていたんだけれど、途中《とちゅう》でだれかが動物を描きこんで、そうすると、次のだれかが森を描きこんで、そうすると、次のだれかが海を描きこんで、空を描きこんで、一枚《まい》の絵ができあがったとき、ああ、これは地球の絵だなと思いました。

いろんな人種、いろんな性別《せいべつ》、いろんな個性《こせい》を持っている人間たち、そして、動物たちがなかよく、平和に暮《く》らしている絵です。まさに、ガウディの「聖家族《サグラダ・ファミリア》」です。

すばらしい体験でした。

絵のなかには、地球という楽園が存在《そんざい》していたのです。

実際《じっさい》の地球は、楽園からは、ほど遠い存在《そんざい》です。

でも、理想は持ちつづけたいと思います。

すべてのアートは、そういうものでしょう。アーティストたちは、理想を現実《げんじつ》に変える魔術師《まじゅつし》として、作品のなかに、楽園を描《えが》きつづけていくのです。

◆あなたの好きな木は？

いちょうの木。恐竜《きょうりゅう》が生きていた時代から、地球上に生えていたそうです。葉っぱの形が扇《おうぎ》の形をしていて、とてもすてき。新芽も小さな小さな扇型《おうぎがた》。あの葉っぱの形がたまらなく好きです。秋には黄金色に染《そ》まって散っていきます。散っていくすがたも美しいのです。

12

だれだって、昔は子どもだったんだ。子どもは環境破壊《かんきょうはかい》も戦争もしない。

カルロス・ゴンザレス（コロンビア・70歳《さい》）

――バルセロナに滞在中《たいざいちゅう》、二週間ほど、スペイン語を教えてくれる学校に通っていた。ぼくは、日本語と英語のほかには、中国語がほんの少しわかる程度《ていど》だ。スペイン語を身につけたら、南米に行ったとき、役に立つだろうなと考えた。日本へ戻《もど》ってきてからも、スペイン語の会話学校に通って勉強した。そして翌年《よくとし》、ぼくは南米へと向かった。南米から北上して、最後の目的地、アメリカを目指す長い旅。旅立つ前に、バルセロナのアマンダさんに知らせたら、おすすめのスポットをいろいろと教えてくれた。そのなかの

ひとつに、コロンビアの町・カルタヘナの海があった。カリブ海に沈《しず》む夕日は、必見だと言っていた。あれを見たら人生が変わるって。見に行こうと思った。カルタヘナに住んでいるゴンザレスさんを紹介《しょうかい》してくれたのは、バルセロナのスペイン語学校の先生だった。さあ、地球人インタビューのつづきだ。


お世話になります。カルロスです。

遠いところまで、よくいらっしゃいました。

おれなんかの話で役に立つのかどうか、自信はまったくないんだけど、あなたの熱意に敬意《けいい》を表して、しゃべるよ。

コロンビアっていうと「ああ、コーヒーと、麻薬戦争《まやくせんそう》の国ですね」って言われるけど、コーヒーはともかくとして、麻薬戦争って、もうずいぶん昔のできごとなんだよ。

あれって、1980年代に起こったことなんだ。

おれがまだ四十代のころだったかな。

パブロ・エスコバルって男が、メデジンって都市を中心にして作りあげた、麻薬密《まやくみつ》売《ばい》の犯罪組織《はんざいそしき》。麻薬王《まやくおう》なんて、ふざけた呼《よ》ばれ方《かた》をしていたエスコバルは、ぼろ儲《もう》けをして、大金持ちになって、逮捕《たいほ》されて、刑務所《けいむしょ》で暮《く》らして、出てきて、最後は、逃《とう》亡劇《ぼうげき》をくり広げた挙句《あげく》、屋根の上を逃《に》げ回《まわ》っているときに射殺《しゃさつ》されちまった。

数年前だったかな、アメリカのテレビドラマになって、アメリカではものすごい人気だったみたいだが、おれたちコロンビア人にとっては、めいわくな話さ。だって、コロンビア＝麻薬《まやく》っていう、悪いイメージがなかなか消えなくなるからさ。ま、おれもちょっとだけ見たんだけどさ、パブロ本人を演《えん》じている俳優《はいゆう》がブラジル人だったせいか、彼《かれ》の話すスペイン語がコロンビアのスペイン語とはかなり違《ちが》っていて、わかりづらかった。ブラジルで話されている言葉は、ポルトガル語だからね。あと、メキシコ人俳優《はいゆう》も出ていたけど、メキシコのスペイン語と、コロンビアのスペイン語も、やっぱり、いろんなところが違《ちが》うんだよ。発音とか、言い回しとかね。もちろん、ヨーロッパのスペインとも違《ちが》うんだよ。

まあ、それはいいとして、おれは世の中の人たちに、こう言いたい。

テレビドラマ、映画《えいが》、マスコミその他が演出《えんしゅつ》しているイメージだけで、その国を理《り》解《かい》したって思わないでもらいたい。

日本だって、ニンジャとサムライとゲイシャだけの国じゃないだろ。

コロンビア人の大半はね、麻薬《まやく》になんて、これっぽっちも興味《きょうみ》がないし、まあ、サッカーの試合では、つい熱狂《ねっきょう》してしまって、ファンどうしがけんかしたりすることはあるけどね、おれが思うに、いたって穏《おだ》やかな性格《せいかく》の人が多いんだよ。

もちろん、おれもだよ、ははははは。

おれの人生のモットーは「自分に厳《きび》しく、他人には寛容《かんよう》であれ」なんだ。


おれはここ、カルタヘナの町で生まれ育って、先祖代々《せんぞだいだい》やってきたこのレストラン、というか、大衆食堂《たいしゅうしょくどう》のオーナーをやっている。

ひとり息子は、店を継《つ》がないって言ったから、おれの代で終わりになると思うけど、それでいいって思っているよ。息子には、息子のやりたいことをやってほしいからね。

彼《かれ》は今、首都ボゴタのホテルで働いている。

おれはコロンビアっていう国が大好きだよ。何が好きかって、この国の大自然が好きだね。海もあって、山もあって、気候も良くて、平和だし、本来なら、もっともっと観光客があふれていてもいいはずだよね。

たとえば、海辺へ行くと、いろんな物売りがいただろ。でもね、中南米のほかの国々の物売りの人たちと比較《ひかく》してくれたらわかると思うんだが、コロンビアの物売りはしつこくないし、強引なことはしないよ。つつしみ深いんだ。

カルタヘナは、カリブ海に面していて、南米大陸の北端《ほくたん》に位置しているだろ。だから、十六世紀から十七世紀にかけて、侵略《しんりゃく》してきたスペイン帝国《ていこく》が南米各地で奪《うば》いとった金、銀、エメラルドなんかを輸出《ゆしゅつ》する港町として、栄えていたんだ。奴隷《どれい》の売買もおこなわれていたんだよ。不名誉《ふめいよ》な歴史ではあるけどさ。

そんなこんなで栄えていたこの町は、カリブの海賊《かいぞく》たちの標的にもなった。それで、海賊《かいぞく》を防御《ぼうぎょ》するために、町のまわりに石灰岩《せっかいがん》で頑丈《がんじょう》な壁《かべ》を築《きず》いたんだ。

壁《かべ》の外側では、都市開発がさかんにおこなわれていて、高層《こうそう》ビルも建つようになってきたけど、壁《かべ》の内側にはね、ごらんのとおり、昔のままのストリートや町並《まちな》みが広がっているんだ。

観光客は、この旧市街《きゅうしがい》を目指してやってくるから、おかげでおれの店も繁盛《はんじょう》している。でもね、このごろでは、店は夕方よりも前にさっさと閉《し》めてしまって、孫娘《まごむすめ》たちと過《す》ごす時間を大事にしているんだ。今は、仕事よりも、金儲《かねもう》けよりも、家族優先主義《かぞくゆうせんしゅぎ》。

それでね、ついこのあいだ、いちばん年長の孫娘《まごむすめ》から、こんなことを教わったんだ。

サステナブル・ディヴェロップメント・ゴールズ。

それぞれの英単語の頭文字を取って、ＳＤＧｓ《エスディージーズ》っていうらしいんだけど、ご存《ぞん》じですか。

くわしくは知らない？　教えてほしい？

うん、わかった。ちょっと待って、カンニングペーパー、出さないとね。

だって全部、覚えてるわけじゃないから。

これ、孫娘《まごむすめ》がくれたプリント。へへへへ。彼女《かのじょ》が学校で、もらってきたものなんだ。

ＳＤＧｓとは、持続可能《じぞくかのう》な開発の目標っていう意味。

「持続可能《じぞくかのう》」というのは、平たく言えば、将来《しょうらい》の地球の環境《かんきょう》や資源《しげん》がちゃんと守られていくように、そういうふうになるように、現在《げんざい》の状態《じょうたい》を見直していくこと。あれれ、

12　だれだって、昔は子どもだったんだ。子どもは環境破壊も戦争もしない。
カルロス・ゴンザレス

わかりづらくなったかな。意味、通じてますか。だいじょうぶですか。

そうして、ここで言う「開発」とは、地球上のすべての人間たちが安心して、平和に、幸せに暮《く》らしていけるような世の中にすること、という意味。

つまり、持続可能《じぞくかのう》な開発とは、経済《けいざい》の発展《はってん》だけを重視《じゅうし》するようなやり方じゃなくて、環境《かんきょう》や社会の抱《かか》えている問題点を根本的に解決《かいけつ》していきながら、より良い世の中を持続させていこうとする、ってことになる。先進国、発展途上国《はってんとじょうこく》、どちらにとってもね。

ああ、おれ、ちょっと頭が痛《いた》くなってきたけど、まあ、そういうこと。

具体的には、十七個《こ》の目標があるので、それを紹介《しょうかい》するよ。そうすると、おれが言っていることはわりとクリアーになると思う。

いいかい、十七個《こ》、読みあげるよ。

1　貧困《ひんこん》をなくそう。
2　飢餓《きが》をなくそう。
3　すべての人に健康と福祉《ふくし》を。

4　質《しつ》の高い教育を、すべての人に。

5　ジェンダーの平等を実現《じつげん》しよう。

6　安全な水と、トイレを世界中に。

7　エネルギーをみんなに、クリーンに。

8　働きがいも、経済成長《けいざいせいちょう》も。

9　技術開発《ぎじゅつかいはつ》を進め、産業を発展《はってん》させよう。

10　年齢《ねんれい》、性別《せいべつ》、障害《しょうがい》の有無、人種など、あらゆる不平等をなくそう。

11　長く住みつづけられる町づくりを。

12　作るのも、使うのも、責任《せきにん》を持って。

13　気候変動に対して具体的な取り組みを。

14　海を守ろう。

15　森林を、陸を守ろう。

16　平和と公正をすべての人に。

17　国どうしが助けあい、平和な世界を作ろう。

どうですか。これが今、子どもたちが取り組もうとしている十七の目標。

あっ、そうだね、大人も取り組まないといけない。

あなたのおっしゃるとおりです。

しかし、なんだね、こういうことを、考えるだけじゃなくて、取り組もうとしているなんて、すごいな、子どもたちって、大人たちよりも何倍もすごいよね。

すごいというか、偉《えら》いというか、りっぱだよ。

孫の話を聞いていると、おれは恥《は》ずかしくなった。今までおれは、何をしてきたんだろうって。おれがやってきたことって、なんだったんだろうって。おおげさな言い方になるけれど、自分の人生を見直してみようって、本気で思ったよ。

そうして、彼女《かのじょ》の話を聞きながら、おれは思ったね。

これって、そもそも大人たちの責任《せきにん》じゃないかって。

考えてみれば、いや、みなくてもわかることだけど、だれだって、昔は子どもだったんだ。子どもは環境《かんきょう》破壊《はかい》も戦争もしない。

それなのに、いつのまにか、大人になって、戦争をしたり、環境破壊《かんきょうはかい》をしたりしている。あるいは、それに加担《かたん》するような生活をしている。

人間がみんな、子どもの心を持ったまま、純粋《じゅんすい》なままでいられたら、世界から、戦争や環境破壊《かんきょうはかい》は、なくなるんじゃないか、そんなことを思ったりする。

まあ、こんな空想をしていても、問題は解決《かいけつ》しないね。

だからおれは、おれにできることから、手をつけることにした。

たとえば、レストランで使う食材について、抜本的《ばっぽんてき》に考え直したんだ。食べ物や料理を余《あま》らせて、捨《す》てるようなことは、絶対《ぜったい》にするまいって。

ごみになるような商品は買わないし、使うまいって。

ビーチを散歩しているときには、浜辺《はまべ》に捨《す》てられているプラスティックの容器《ようき》を拾って、集めているよ。人の捨《す》てたものを、なんでおれが拾わないといけないんだ、なんて、今は思わないようにしている。

各自ができることから、やっていかないといけない。

無気力と無関心、これがいちばんいけない。

カルタヘナの海は、今はまだ豊《ゆた》かだ。

少なくともおれの目には、そう映《うつ》っている。

魚は豊富《ほうふ》に獲《と》れるし、そのおかげで、おれの店も繁盛《はんじょう》しているし、鳥たちが食べる魚も、今のところは豊富にあるようだ。

しかし、油断《ゆだん》していると、海の汚染《おせん》は加速度をつけて広がっていくだろう。なんと言っても、すでにこの海には、細かいプラスティックのかけらが無限《むげん》にただよっているんだからね。そのかけらを食べた魚を、おれたちも鳥たちも食べているんだから。

毎日、仕事を終えて、みんなでビーチへ行って、海に落ちてゆく夕日を眺《なが》めるのが何よりの楽しみさ。

ああ、きょうも無事、生《い》きのびられたって思うよ。

海を見ていると、幸せを感じる。

仕事があって、住む家があって、愛する家族がいる。これに勝《まさ》る幸せはないね。

だから、この豊《ゆた》かな海を守るのは、おれの目標なんだ。

これって、持続可能《じぞくかのう》な開発なんだよ。

◆あなたの好きな木は？

コーヒーの木。コロンビアのコーヒーは世界中で愛されている。酸味《さんみ》は強くなくて、風味の豊《ゆた》かなマイルドコーヒーがコロンビアのコーヒーです。仕事へ行く前に、路上の屋台で、濃《こ》いコーヒーを小さなカップで一杯《いっぱい》のむのがおれの習慣《しゅうかん》。コーヒーの花は小さくて白くて、ジャスミンみたいな香りがあります。花が枯《か》れて実になると、かわいらしい赤い色になって、それから、焙煎《ばいせん》すると、あの、茶色のコーヒー豆になるんだね。

13

生きるということは、愛するということでしょう。

メイベリン・タチアナ・ロペス・サラザー
（コスタリカ・82歳《さい》）

――ゴンザレスさんから十七の目標の話を聞いて、中米の一国であるコスタリカへ行ってみることにした。数年前に、雑誌《ざっし》の記事を書くためにメールで取材をした、コスタリカ在住《ざいじゅう》の環境《かんきょう》保《ほ》護活動家《ごかつどうか》のことを思い出したのだ。残念ながら、彼女《かのじょ》のメールアドレスは使えなくなっていたけれど、別の野生動物《やせいどうぶつ》保《ほ》護施設《ごしせつ》のサイトに出ていたアドレスにメールを送って、メイベリンさんから話を聞かせてもらえることになった。

ようこそ、コスタリカへ。

コスタリカという国名は、スペイン語の「コスタ＝海岸」「リカ＝豊《ゆた》かな」が語源《ごげん》です。ごらんのとおり、豊かな海に恵《めぐ》まれた国です。

でも、皮肉なことに「豊《ゆた》かな海岸」と名づけられたのは、コロンブスがこの土地に足を踏《ふ》み入《い》れたとき、先住民たちがきらびやかな黄金でできた飾《かざ》りを身につけていたのを目にしたから。

最近のアメリカ合衆国《がっしゅうこく》では、コロンブスがアメリカ大陸を発見した日を、これまでは祝日だったわけですが、それをやめようという動きがあるそうです。

コロンブスはただ発見しただけではなくて、それまで住んでいた人々を追《お》い払《はら》って、そこを占領《せんりょう》しようとした悪い人物だというわけです。

一理あると思います。

話をコスタリカに戻《もど》しましょう。

北アメリカ大陸と南アメリカ大陸を結んでいる細長い地域《ちいき》、ここがいわゆる中米で、合計七つの国があります。

北から順に、ベリーズ、グアテマラ、ホンジュラス、エルサルバドル、ニカラグア、コスタリカ、パナマです。

パナマの南は、コロンビア。コロンビアからは南米です。

狭《せま》い土地に、七つの国があるわけですが、コスタリカは、常設《じょうせつ》の軍隊を持たない丸《まる》腰国家《ごしこっか》です。

軍隊を持たないかわりに、十三年間の公立学校における義務教育費《ぎむきょういくひ》、そして医療費《いりょうひ》が無料なので、国民は安心して暮《く》らせます。

長年にわたって、安定した民主主義政治《みんしゅしゅぎせいじ》を実現《じつげん》させており、高い教育を受けた人たちが多いことでも知られています。

報道《ほうどう》の自由度は、日本よりも圧倒的《あっとうてき》に高いんです。

わたしは個人的《こじんてき》に日本に興味《きょうみ》を抱《いだ》いており、俳句《はいく》や短歌の研究もしてきましたので、いつか行ってみたい国の一国なのですが、なぜ、日本はこんなにも報道《ほうどう》の自由度が低いのでしょう。

もちろん、統計《とうけい》による順位だけで、数字だけで、すべてを決めつけてはいけないと思って、いろいろ調べてみたのですが、日本の報道《ほうどう》の自由度が低いのは、具体的には「記者クラブ」に原因《げんいん》というか、問題があるようです。

記者クラブというのは、政府《せいふ》や地方自治体、警察《けいさつ》、業界団体《ぎょうかいだんたい》などに、それぞれに設置されている機関で、各種の情報《じょうほう》はこの記者クラブの記者たちに対して発表されています。

こういう仕組みがそもそも閉鎖的《へいさてき》であることに加えて、発表する側にとって有利な情報《じょうほう》だけが流されていることが多く、記者たちはそれらを受けとる、受け身の立場に置かれている、ということが大きな問題点でしょう。たとえば、会見中の質疑応答《しつぎおうとう》の時間に、一部の反体制的《はんたいせいてき》な記者に対しては質問《しつもん》する機会を与《あた》えない、といったこともあるそうです。

確《たし》かにこれでは、自由度が低い、と言わざるを得《え》ませんね。報道《ほうどう》がコントロールされているわけですから。

また、日本では、日本にとって都合の悪い外国のニュースがなぜか、国民の耳に入ってこない、といったような事例が多々あるようです。

たとえば、こういうことがあったそうです。これは、日本にくわしい知人から聞いた話です。あるとき、アメリカのメジャーな新聞がトップニュースとして取りあげた記事があった。それは、日本の男女差別について書かれた記事だった。でも、そういう記事が出たことを、日本の多くの人たちは知りもしなかった。

これは一例に過《す》ぎません。また、私見《しけん》も大いに混《ま》じっているはずだから、報道《ほうどう》の自由度については、機会があれば、あなたもリサーチしてみてください。あなたも、報道する立場にいらっしゃるわけですしね。そして、わかったことをわたしに教えてください。

報道《ほうどう》の自由と、国民の幸福に関係性《かんけいせい》があるのかどうか、なんとも言えませんが、コスタリカの国民の幸福度は、やはり、日本よりもぐっと高いんです。統計《とうけい》によれば、少々の違《ちが》いじゃなくて、大きな違《ちが》いがあります。

これもすごく意外でした。

だって、日本と言えば、経済大国《けいざいたいこく》じゃないですか。物質的《ぶっしつてき》にも豊《ゆた》かで、貧富《ひんぷ》の差もあまりなくて、いかにも幸福度が高そうな国だとわたしは思っていたんです。

でも、それはわたしの思《おも》いこみだったのでしょう。

今の日本には夢《ゆめ》がない、希望がないと、日本の人たちは嘆《なげ》いている。そんな話も、ときどき耳にします。

物質的《ぶっしつてき》に豊《ゆた》かであるということと、人々の幸福は決して比例《ひれい》するものではないのかもしれませんね。

民主主義《みんしゅしゅぎ》の安定、人間の不平等の解決《かいけつ》、そして、幸福度の高い国、それがコスタリカです。つまり、豊《ゆた》かな海岸、という意味は、自然の豊かさと人の心の豊かさの両方の意味を持っているのです。

わたしはこのことをたいへん、誇《ほこ》りに思っています。

また近年では、観光の分野で自然と共存《きょうぞん》していこうとする、エコツーリズムをいち早く取り入れたことでも、高く評価《ひょうか》されています。

まさに、国連が定めた十七の目標を実践《じっせん》し、成功している国なのです。

わたしはここ、プエルト・ビエホ・デ・タラマンカという海辺の村で生まれ育ち、一時期は、首都のサン・ホセで暮《く》らしていたこともありますが、ふたたびこの村へ戻《もど》ってきました。

ここからバスで数時間のところにある、野生動物保護施設《ほごしせつ》で仕事をしています。この施設《しせつ》では、けがをした野生動物や、親から見捨《みす》てられたと思《おぼ》しき生き物を育て、野生に返すという活動をおこなっています。

また、子どもたちを集めて、野生動物といかに共存《きょうぞん》していくか、そういう教育プログラムも実施《じっし》しております。

すぐ近くには、野生動物保護林《ほごりん》や広大な国立公園もあります。

わたしは、大学では生物学を専攻《せんこう》しておりました。

主に、ナマケモノの生態《せいたい》を研究しておりました。

ナマケモノって、すごくかわいいんですよ。平和を愛する動物です。木の上で、のんびり平和に暮《く》らしています。

でも、ときどき、おかあさんが赤《あか》ん坊《ぼう》を落としてしまうことがあるんですね。

木から落ちた赤《あか》ん坊《ぼう》をそのままにしておくと、餓死《がし》してしまいます。怪我《けが》をしている場合もあります。だから、わたしたちは拾いあげて、救済《きゅうさい》し、ひとりで生きていけるようになるまで育ててから、野生に戻《もど》します。

哺乳瓶《ほにゅうびん》でミルクを与《あた》えて、人間の赤ちゃんを育てるのと同じようにして、育てます。別れるときはちょっぴり寂《さび》しいけれど、それでもナマケモノは自然に返してあげないといけません。ナマケモノのほうでも、わたしたちを家族だと思っているのか、なかなか去っていこうとしません。愛おしい生き物です。

こうした経験《けいけん》を積み重ねているうちに、わたしは愛をテーマにして、詩を書きたいと思うようになりました。

詩人、というのは、職業《しょくぎょう》である前に、ひとつの「生き方である」と、わたしは考えております。言《い》いかえれば、人はどんな仕事をしていても、詩人なのである、と言ってもいいでしょうか。

わたしは常《つね》に、愛を語る詩人でありたいと思っています。

愛する相手は、人には限《かぎ》りません。人や家族や友人を愛する。これはだれにでも、できることです。わたしはそれらをこえて、虫や魚や小鳥をふくめた、全生物を愛したいのです。

自然への愛、地球への愛、わたしたちを取《と》り巻《ま》くすべてのものを愛したい。そういう愛が人から人へと伝わっていけば、戦争や紛争《ふんそう》や破壊《はかい》なんて、なくなってしまうでしょう。

武器《ぶき》で戦うのではなくて、愛で闘《たたか》うのです。戦争は、勝っても負けても、結局は「負け」しかありません。勝った国の人たちもおおぜい亡《な》くなります。けれども、愛には、勝ちしかないのです。愛を与《あた》えた人も、愛をもらった人も幸せになれます。

あとどれくらい、生きられるのか、わかりませんが、生きている限《かぎ》り、わたしはありとあらゆる生き物たちを愛しつづけていきたいと思います。

生きるということは、愛するということでしょう。

最後に、せっかくこうして、あなたにお目にかかれたのですから、わたしの書いた詩をあなたにプレゼントいたしましょう。

ひとりぼっちの老木

最初に種が飛んできた
風と小鳥が種を運んできた
種は地面に落ちて雨が降《ふ》り
種は白い根を出した
暗闇《くらやみ》のなかを手探《てさぐ》りで
種はひとりで進んでいった

いつのまのか種は根になった
地中深くまで根を伸《の》ばした
四方八方に伸ばした
地上では芽が出て若葉《わかば》が出て

種は木になった
木は枝《えだ》を伸ばして花を咲《さ》かせて
花は実になり種になった

そうやって時が流れた
永遠《えいえん》という名の時だった
木はいつもひとりで立っていた
木はいつも孤独《こどく》を感じていた
ひとりぼっちだった
孤独だった
死にたいと思っていた
ある日
ひとりの旅人がやってきて
その木陰《こかげ》に腰《こし》を下ろすまで

◆あなたの好きな木は？

イゲロン。サン・ホセの郊外《こうがい》にあるイゲロンの木は、幹《みき》の直径が二十メートル以上もある巨木《きょぼく》で、わたしが書いた詩の主人公の木です。高さは四十メートル。樹齢《じゅれい》は百年ほどらしいです。こんな大きな木が育つということ自体、地球の自然が起こした奇跡《きせき》だと言えるでしょう。これは愛の木です。愛は育ちます。大きくなります。この木はそのことをわたしたちに教えてくれます。

14
となりどうし、なかよくしないといけません。

アントニオ・ガルシア・ゴメス（メキシコ・5歳《さい》）

——コスタリカからメキシコを経由《けいゆ》して、陸路でアメリカへ入国しようとしていたときだった。アメリカのテキサス州とメキシコの国境《こっきょう》にある町でアントニオくんと知りあった。ぼくの落とした財布《さいふ》を彼《かれ》が拾ってくれたのだ。彼は旅の恩人《おんじん》だ。メキシコはぼくにとって初めての国だったが、スペイン語を勉強してから行ったおかげで、いろんな人たちと話ができて楽しかった。しかし、同じスペイン語でも、スペインとコロンビアとメキシコではずいぶん異《こと》なっている。カルタヘナのゴンザレスさんもそう言っていた。

メキシコの人たちの話すスペイン語は、けっこう早口であるように、ぼくには聞こえた。アントニオくんはぼくのために、ゆっくりと話してくれた。


ぼくのかぞくは、おとうさんと、おかあさんと、いもうとがふたりです。

おにいちゃんもいたんだけど、びょうきで、なくなってしまいました。

いもうとのひとりも、よく、びょうきになります。

おかあさんはいつも「おいしゃさんへつれていくための、おかねがひつようだ」といっています。

おとうさんは、まいあさ、うまにのって、川のむこうへ、しごとにでかけます。

おかあさんは、おとうさんのおべんとうと、おきゃくさんにうるためのおべんとうをつくります。

川のむこうで、おとうさんは、おべんとうをうります。

うるときには「タマレスータマレスー」と、おおきなこえで、いいます。

タマレスというのは、メキシコりょうりです。

とうもろこしでつくった、きびのなかに、いろんなやさいや、まめや、チーズがたくさん、はいっています。これを、とうもろこしのかわにつつんで、むします。

ぼくも、だいすきです。

おとうさんがしごとへいくとき、ぼくもときどき、てつだいにいきます。

いっしょに、うまにのって、いきます。

川をわたったら、そこはアメリカです。

そこには、アメリカのテキサスしゅうの、こくりつこうえんがあるので、そのこうえんへ、あそびにきているアメリカじんに、おべんとうをうるのです。

いつも、ぜんぶ、うりきれます。

それから、おかあさんがつくった、かばんや、ぼうしや、にんぎょうなどを、いちまいのしきものをしいて、ひろげて、ならべてあるところまでいって、ガラスびんのなかに、はいっているおかねをとりだして、もってかえります。

おみやげがうれて、なくなっているときには、そこに、もってきたおみやげをおいて、かえります。

ときどき、おみやげがなくなっているのに、おかねがはいっていないことがあって、すごくがっかりします。

だいたい、いちじかんか、にじかんほどで、おべんとうはうりきれますが、ときどき、そのとちゅうで、しごとをやめなくてはならなくなります。

アメリカのこっきょうけいびたいのひとが、あらわれたときです。

おとうさんとぼくは、かってに川をわたって、アメリカにきているので、けいびたいのひとから、しかられて、ばっきんをとられたり、どこかへつれていかれたり、することがあるのです。だから、こっきょうけいびたいのひとのすがたがみえたら、すぐに川をわたって、メキシコへもどります。

うまは、川のどのあたりをわたれば、はやくもどれるのか、よくわかっているので、あんしんですが、まえにいちど、ぼくがうまからふりおとされ、川におちてしまったことがありました。

そのとき、こっきょうけいびたいのひとは、ぼくをたすけてくれて、こうえんないにあるびょういんに、つれていってくれて、けがのちりょうをしてくれました。

おとうさんも、どこかへ、つれていかれることは、ありませんでした。

ぼくは、しんせつなアメリカじんに、かんしゃしています。

しんせつじゃないひともいるので、きをつけないといけません。

メキシコとアメリカのあいだには、いっぽんの川があるだけです。

となりどうしです。となりどうし、なかよくしないといけません。

おとうさんのはなしによると、アメリカでは、とてもたくさんのメキシコじんが、いろんなところで、はたらいているそうです。

レストランや、ホテルや、びょういんや、こうじげんばなどで、アメリカじんのいやがるしごとを、メキシコじんがひきうけているのです。

だから、アメリカじんは、メキシコ人をもっと、だいじにしないといけないとおもいます。

ぼくはおおきくなったら、アメリカへいって、しごとをしたいとおもっています。

川におちて、けがをしたぼくを、たすけてくれたひとにあって、おれいをいいたいとおもっています。

◆あなたの好きな木は？

アボカド。ぼくのいえのうらにわにも、はえています。すぐにせいちょうして、どんどん、みをつけます。みをもいで、かわをむいて、なかみをいしうすで、すって、つぶして、たべます。サラダに、いれることもあります。なかみのいろは、みどりです。たねはすごくおおきくて、みずにつけておくと、たねから、めがでてきます。

15

動物はおれたちのフレンドだ、フードじゃない。

マーク・マクドエル（アメリカ・45歳《さい》）

――メキシコをあとにして、いよいよ、地球を巡《めぐ》る旅の最後の国、アメリカへ。男女差別、人種差別、環境《かんきょう》破壊《はかい》、終わらない戦争と紛争《ふんそう》など、今の世界が抱《かか》えている問題について、何かが見えてくるのではないかと思った。アメリカには、たくさんの友人が住んでいる。日本の大学を卒業したあと、ぼくは二年ほど、アメリカで暮《く》らしていたことがあったから。当時、住んでいたのは西海岸だった。だから今回は、東海岸を訪《たず》ねることにした。アメリカは、広大な国だ。五十の州があって、気候も違《ちが》うし、法律《ほうりつ》や社会制《しゃかいせい》

度《ど》や税金《ぜいきん》も、州によって違《ちが》いがある。アメリカとは、五十の国が寄《よ》り集《あつ》まってできているような国なんだと思う。ニューヨークシティの郊外《こうがい》で暮《く》らしている友人に、マクドエルさんを紹介《しょうかい》してもらった。「あいつはね、ジ・アメリカン・ダディだよ」とのことだった。また「アメリカを知りたかったら、アメリカの田舎《いなか》を見て回るべきだよ」とも言っていた。


ああ、いらっしゃい。お待ちしていました。

きょうは天気もいいし、外に出て、お話ししましょうか。

あの、りんごの木の下のベンチがいいですね。

今ちょうど、りんごの花が満開だから、花見もできます。

ええっと、何から話しましょうか。仕事ですか。

おれの職業《しょくぎょう》は、修理屋《しゅうりや》です。

おもに電気製品《でんきせいひん》の修理《しゅうり》をやっていますが、頼《たの》まれたら、自分にできる限《かぎ》りがんばって、いろんな修理を引き受けています。

両親が始めた会社をおれが引《ひ》き継《つ》いで、十年くらいになるかな。

父と母は、現在《げんざい》は自宅《じたく》・兼《けん》・オフィスでデスクワークをやっています。注文を受けたり、部品を発注したり、請求書《せいきゅうしょ》を書いたり、そんな仕事だね。

家族は妻《つま》と、高校生の娘《むすめ》と、小学生の息子がひとりずつ。犬と猫《ねこ》も一匹《いっぴき》ずつ。

名前ですか。妻《つま》はシャーロット、娘《むすめ》はマヤ、息子はクリス、犬はマックスで、猫《ねこ》はサーシャです。

妻《つま》のシャーロットは、医者です。脳外科医《のうげかい》。

そう、妻《つま》が人間の脳《のう》を修理《しゅうり》して、おれは機械類を修理しているってわけですよ。

妻《つま》とはね、当時、まだ医学生だった彼女《かのじょ》が都会でひとり暮《ぐ》らしをしていたとき、乾《かん》燥機《そうき》が壊《こわ》れたと言って、うちに修理《しゅうり》を依頼《いらい》してきて、それでおれが修理に出かけて、知りあったんです。ロマンチックですか。

乾燥機《かんそうき》のドラムについているベルトが古くなっていて、切れかかっていたんだね。

まあ、おれにとっては、なんてことのない、かんたんな修理《しゅうり》だったんだが、乾燥機《かんそうき》の奥《おく》に両手をぐいっと突《つ》っこんで、手探《てさぐ》りでする仕事だから、ある程度《ていど》の経験《けいけん》を積んでいなければ、できないわけです。

それで、手探《てさぐ》りでその仕事をやっているおれのすがたを見て、妻《つま》はおれに惚《ほ》れてくれたみたいなんだ。頼《たよ》りになる！　かっこいい！　ってね。

人生、何が功《こう》を奏《そう》するか、わからないものだね。

テレビ、ラジオ、洗濯機《せんたくき》、乾燥機《かんそうき》、掃除機《そうじき》、などなど、電気製品《でんきせいひん》ならなんでも、はい、それ以外でも頼《たの》まれたら、なんでも修理《しゅうり》しますよ。

報酬金額《ほうしゅうきんがく》ですか。一時間で、百七十ドルです。五分で終わる仕事でも、一時間分はもらっています。これに、部品代をプラスした金額《きんがく》を請求《せいきゅう》します。

いつだったかな、高齢《こうれい》でひとり暮《ぐ》らしの女性《じょせい》から「トースターを直してくれ」って頼《たの》まれて出かけて、ついでに、猫《ねこ》に自動で餌《えさ》をあげることのできる機械も直してあげたことがあります。

かかった時間は合計二十分足らずだったかな。猫《ねこ》のほうは、サービスです。喜《よろこ》ばれましたね。

アメリカの電気製品《でんきせいひん》、とくに家電に関して言うと、1970年代ごろの機械は、とても頑丈《がんじょう》で、壊《こわ》れにくかった。たとえ故障《こしょう》しても、部品を交換《こうかん》したりして、何度も修理《しゅうり》しながら使ったものだった。

ところが、省《しょう》エネが叫《さけ》ばれるようになり、だんだん壊《こわ》れやすくなってきて、なおかつ、修理《しゅうり》もしにくくなってきました。

たとえば洗濯機《せんたくき》なら、できるだけ少ない水の量で洗濯ができるように、乾燥機《かんそうき》やエアコンなら、温度を自動調節して、電気を節約するために、製品《せいひん》に半導体《はんどうたい》の部品を取り入れるようになったんだね。そのために、部品の数が増《ふ》えて、内部が複雑《ふくざつ》になり、いろんなところが故障《こしょう》しやすくなった。金属《きんぞく》だった部分がプラスティックに変わったことも、壊《こわ》れやすくなる原因《げんいん》になりました。

一度、壊《こわ》れてしまうと、古い部品の場合には、もう作られていないことが多いから、結局、製品《せいひん》そのものを買いかえないといけなくなります。

古いものを捨《す》てる。すぐに買いかえる。だから企業《きぎょう》はどんどん製品《せいひん》を作る。家のなかでは、省《しょう》エネを心がけているのかもしれないけれど、社会全体を見てみると、あんまり望ましい状態《じょうたい》ではないように思えます。

ごみによる環境《かんきょう》破壊《はかい》を思えば、直せるものはできるだけ直して、使いたいものです。使《つか》い捨《す》てとは、材料のむだ使いですよね。まあ、おれが修理屋《しゅうりや》だからそう思うんだって言われたら、それまでのことだけれど。

ちなみに、わが家の乾燥機《かんそうき》は、四十年ほど前に製造《せいぞう》されたもので、半導体《はんどうたい》の入っていないものですが、いまだにどこにも悪いところはなくて、ちゃんと動いてますね。

休みの日は妻《つま》と、ときには娘《むすめ》と息子もついてくることがありますが、家畜《かちく》の保護施《ほごし》設《せつ》でボランティア活動をやっています。

ええ、家畜《かちく》です。牛、馬、豚、羊、山羊《やぎ》、鶏《にわとり》など。

うちの近所には、ペットの保護施設《ほごしせつ》、野生動物の保護施設のほかに、家畜《かちく》の保護施設もあるんですよ。

家畜《かちく》だって動物です。

目を覆《おお》いたくなるような残酷《ざんこく》な状況《じょうきょう》に置かれている家畜《かちく》を救済《きゅうさい》し、施設内《しせつない》で、短い命の最後の数年を、楽しく、のんびりと過《す》ごさせてあげています。

妻《つま》から誘《さそ》われて、いっしょにボランティアをするようになりましたが、とても癒《いや》されています。ふだん、毎日、接《せっ》しているのが機械だからね、生き物たちとの触《ふ》れあいに、体も心も洗濯《せんたく》してもらっている。あ、ついでに乾燥《かんそう》も。

動物はいいね。無条件《むじょうけん》で、すばらしい存在《そんざい》です。

あるときね、鶏《にわとり》たちのお世話をさせてもらったんです。

この鶏《にわとり》たちは、コンクリートで固められた、狭《せま》い檻《おり》のなかで、ひしめきあうようにして暮《く》らしていた。いや、暮らしてた、なんてもんじゃないね、あれは。閉《と》じこめられていたって言うべきですね。折り重ねられるようにして。

あまりにもひどすぎるってことで、近所の人が保護施設《ほごしせつ》に知らせてきたんです。

案の定、飼育《しいく》の許可《きょか》も得《え》ないで育てて、売っていたようです。

それで、その鶏《にわとり》たちを保護《ほご》しに行って、引きとってきたわけだけれど、みんなぶくぶくに太っているんです。いや、太らされているというべきか。だって、人に食べられるために生かされていたわけだからね。

で、施設《しせつ》に引きとられてきて、鶏《にわとり》たちは初めて、自分の足で土の地面を踏《ふ》んだんです。そのときの表情《ひょうじょう》が忘《わす》れられません。

だって、ものすごくうれしそうだったんですよ。

ああ、鶏《にわとり》も鳥なんだなって、思いました。かけがえのない命なんだなって。

だって、こうやって、羽を広げてね、飛ぼうとしたんです。あまりにもぶくぶくだから、飛んでもすぐに落下してしまうんだけど、それでも飛ぼうとしていたんです。

そのすがたは、なんていうか、とても幸せそうに見えました。

不自然に太らされているから、引きとられてきても、長くは生きられません。

それでも生きていることは幸せなことだって、感じられただけでも良かったんじゃないかと思います。

まあ、こういう経験《けいけん》をすれば、だれだって、鶏《にわとり》は食べられなくなりますよ。

そして、これも妻《つま》の影響《えいきょう》なんですが、彼女《かのじょ》とつきあうようになってから、おれは、

マーク・マクドエル

動物は食べない主義《しゅぎ》になったんだ。

うん、いわゆるベジタリアンです。ハンバーガーのかわりに、大豆でできたベジバーガーを食べています。ハムサンドのかわりに、とうふサンド。

以前よりもずっと、健康になったよ。

魚や卵《たまご》や乳製品《にゅうせいひん》は食べています。もっと厳格《げんかく》な菜食主義者《さいしょくしゅぎしゃ》で、これらもいっさい食べない人は、ビーガンと呼《よ》ばれています。娘《むすめ》はビーガンです。

最近のアメリカでは、主に若《わか》い世代を中心にして、ベジタリアンやビーガンが増《ふ》えている。いいことだと思うよ。動物にやさしい人間が増《ふ》えれば、地球はもっと住みやすい惑星《わくせい》になると思う。

ビーガン、ベジタリアンにとって、日本料理には、動物を食べないという思想が無理なく実践《じっせん》できる、画期的かつ伝統的《でんとうてき》な料理が多い。だから最近では、家族で、和食のレストランへ行くことが多いんだよ。

好物は、寿司《すし》と天ぷらです。

妻《つま》と知りあうまで、おれの趣味《しゅみ》は、フィッシングとハンティングだったんだよね。

でも、妻《つま》に教えられて、おれは目覚めたんだ。

動物はおれたちのフレンドだ、フードじゃない、ってことにね。

思い返してみれば、釣《つ》りも狩《か》りも「弱いものいじめ」みたいなものだよね。

自分よりも弱い存在《そんざい》を釣《つ》り針《ばり》で引っかけたり、追い回して、銃《じゅう》で撃《う》ち殺《ころ》したりするんだからね。

そんなこと、強い男、頼《たよ》りになる父親がすることじゃない。

アメリカでは昔から、そういう男、そういう父親が尊敬《そんけい》されてきたのは事実だが、おれたちはもうそろそろ、そういう男性像《だんせいぞう》から解放《かいほう》されていいんじゃないかって、思っています。

これからのアメリカンダディは、やさしい男、思いやりのある父親、動物や植物や、ありとあらゆる生命を慈《いつく》しめる人間であるべきだ。

そういう人間が増《ふ》えれば、この世界は平和になる。

そうは思いませんか。

あ、妻《つま》が帰ってきた。このあと、彼女《かのじょ》の話も聞いてください。

◆あなたの好きな木は？

もちろん、りんご。りんごの木は二本、植えると、受粉《じゅふん》して実をつける。だから、妻《つま》と結婚《けっこん》したとき、記念として庭に二本、植えたんだ。ぐんぐん成長して、今では毎年、りっぱな、つやつやの実をつけてくれます。わが家の庭では、りんごの季節になると、野生の鹿《しか》たちが木の下で、りんごが落ちてくるのを待っているよ。ときどき、りすが木に登って、鹿のためにりんごを振《ふ》り落《お》としてやっている。いや、これ、ほんとの話だよ。

16

ふたりのママと、世界一おいしいチョコレート屋さん。

イザベラ・スミス・フェルナンデス
（アメリカ・10歳《さい》）

――マクドエルさんと同じ町で暮《く》らしている女の子に、話を聞かせてもらえることになった。ぼくが「アメリカの小学生の女の子に話を聞きたい」と言ったからだ。インタビューに行くと、彼女《かのじょ》は、自分で焼いたというクッキーをふるまってくれた。クッキーは怪獣《かいじゅう》の形をしていた。

あたしの名前は、イザベラ。

今、小学四年生です。

好きな科目は、科学。

得意《とくい》なことは、歌を歌うこと。

科学ってね、地球上の、いろんなふしぎなことを勉強できるでしょ。

地球について勉強するのは、すごく楽しい。

地球には、いろんな神秘《しんぴ》があるんだよね。まだまだ知られていない、ふしぎなことを、あたしはもっともっと知りたいなって思う。

歌を歌うのも、すごく楽しい。

あたしが歌い出すと、まわりの友だちも、小鳥たちも、蛙《かえる》たちもいっしょに歌ってくれる。ときどき、風も歌ってる。雨も歌ってる。

小学校へは、黄色くて細長いスクールバスで通っています。

スクールバスのバス停は、うちのお店のすぐ前にあります。

だから毎朝「行ってきます」って、ママたちにあいさつをして、お店を通りぬけて、ドアをあけたら、そこで、おむかえのバスを待っていればいいの。

お店の前には、ちいさな庭があって、ちいさなテーブルといすが置かれていて、お客さんたちはそこで、チョコレートを食べたり、ココアを飲んだりすることができるようになっています。

お店はね、ビーガンのチョコレート屋さんです。

ビーガンって、わかりますか。

動物や魚だけじゃなくて、その加工品や乳製品《にゅうせいひん》や卵《たまご》も食べない人たちのことです。

うちのお店では、ビーガンの人たちでもおいしく食べられるチョコレートを作って、売っているの。

とてもとてもちいさな、でもとってもおいしいチョコレート屋さん。

お店の名前はね「エシカル・チョコレート」っていうの。

エシカルっていう言葉には「倫理的《りんりてき》に正しい」っていう意味があります。

あなたの国には、ありますか。「エシカル消費《しょうひ》」って言葉。

そしてそれは、どういう意味なのか、知っていますか。

あのね、動物を殺して食べない、動物実験をしていない製品《せいひん》を使う、生産する人たちの生活が守られているような輸入品《ゆにゅうひん》を選ぶ、地球の環境《かんきょう》に気をくばって作られた商品や、社会に貢献《こうけん》している会社の製品を買う、などなど、こうしたら、社会がもっと良くなる、と思えるような商品を買ったり、使ったりすること。これがエシカル消費《しょうひ》です。

だからうちのお店では、動物からできている材料は、使っていません。カカオ豆も、原産国の生産者の人たちの生活に配慮《はいりょ》した「フェアトレード」のものを使っています。

ミルクやバターや卵《たまご》をいっさい使わなくても、すごくおいしい、ビーガンチョコレートが作れるの。

牛乳《ぎゅうにゅう》のかわりに、ソイミルクや、ココナツミルクや、アーモンドミルクを使う。

バターじゃなくて、ひまわりやアボカドやフラックスシードのオイルを使う。

キャラメルも、クリームも、ココアも、ぜんぶ、ビーガン。

あたしには、ママがふたりいて、このお店はふたりが経営《けいえい》しています。

ふたりのママと、世界一おいしいチョコレート屋さん。

おいしくって、ヘルシーで、人にも動物にも地球にもやさしい。

これがあたしの家族とおうちです。

なぜ、ママがふたりなのかって？

ひとりは、あたしを産んでくれたママで、もうひとりは、ママのパートナー。

ママたちはおたがいに、相手のことを「スウィートハート」とか「ダーリン」とか「マイベイビー」とか、呼《よ》びあっています。

意味はどれもおんなじで「大好きな恋人《こいびと》」ってこと。ふたりは、あま～いチョコレートみたいな恋人たちだけれど、法律的《ほうりつてき》な結婚《けっこん》もしています。この町ではとくに、めずらしいカップルではありません。

あたしの同級生のなかには、パパがふたりいる子がいます。

あとは、ママとふたり暮《ぐ》らしの子、パパとふたり暮らしの子、ほかにも、いろんな家族の子がいます。

みんなと話をしていると、すごくおもしろくて、楽しいよ。

ママが仕事をして、パパが家事をしているおうちもあるし、きょうだいが五人いるけど、みんな、ちがう国からやってきた子たちがひとつの家族になっているおうちとか、人間よりも動物の数のほうが多いおうち、とかね。

みんなばらばらで、みんな個性的《こせいてき》で、だからみんな楽しそう！

もちろん、あたしたち三人家族もね、ときどき、けんかもするけど、でもすぐに仲《なか》直《なお》りして、毎日とってもにぎやかで、楽しい。

それに、おいしいチョコレート、食べほうだいなんだもん。

ね、さいこうの家族でしょ。


あたしは将来《しょうらい》、大きくなったら、科学者になりたいって思っています。

アメリカには、レイチェル・カーソンという有名な女性科学者《じょせいかがくしゃ》がいました。

どんな科学者だったのか、授業中《じゅぎょうちゅう》、先生が教えてくれました。

レイチェルはあるとき、友人から連絡《れんらく》をもらいます。

どんな連絡《れんらく》かと言うと、それは、空からばらばらと落ちてきたアメリカン・ロビンという小鳥の死骸《しがい》にショックを受けた、という連絡でした。レイチェルもショックを受けて、いろいろと調べてみたところ、ロビンがつぎつぎに死んだのは、空から大量に撒《ま》かれた農薬のせいだって、わかったんです。

そのことをきっかけにして、レイチェルは環境問題《かんきょうもんだい》に興味《きょうみ》を持ちます。環境《かんきょう》が壊《こわ》されたら、小鳥も蛙《かえる》も生物もみんな、死んでしまいます。

小鳥の声の聞こえない、静かすぎる春なんて、絶対《ぜったい》にいやだな、悲しいなって、彼《かの》女《じょ》は思ったんです。

彼女《かのじょ》は研究に研究を重ねて『沈黙《ちんもく》の春』というタイトルの本を書きました。

この一冊《さつ》の本は、多くの人たちの共感を得《え》て、アメリカは、農薬に関する規制《きせい》に乗り出します。

これで、ロビンは、死ななくてもすむようになりました。ああ、良かった！

あたしはこの話に感動しました。

このあたりでも、アメリカン・ロビンはよく見かける小鳥だし、とってもかわいいんだよ。

小鳥のなかでは大きめで、お腹《なか》の羽毛の色はオレンジ色。

いつだったか、うちの家の玄関先《げんかんさき》に巣を掛《か》けて、たまごを産んで、かえして、おすとめすが協力しあって、えさをあげて、雛《ひな》はみるみるうちに成鳥になって、巣立っていったこともあったなぁ。

毎年、中南米から渡《わた》ってくる小鳥なんだけど、ロビンが庭にすがたを現《あらわ》すと「ああ、春が来たんだな」って思えるんです。

そんなロビンが地球からいなくなってしまうなんて、あたしも絶対《ぜったい》にいやだと思いました。

レイチェルの研究は、世界中に影響《えいきょう》をおよぼしていきます。

そう、人々はやっと、環境破壊《かんきょうはかい》のおそろしさに気づいたのです。

だから、あたしはレイチェルの思想をもっと勉強して、これからの地球環境《ちきゅうかんきょう》がもっと良くなるような研究をする人になりたいんだ。

応援《おうえん》してくれますか。

◆あなたの好きな木は？

ライラック。毎年、五月になると、そこらじゅうで花を咲《さ》かせるの。色は、むらさき、うすむらさき、濃《こ》いむらさき、ピンク、白など。香りがとってもいいの。遠くからでも「あ、どこかでライラックが咲《さ》いてるな」ってわかる。うちのお店の裏庭《うらにわ》にも咲《さ》いています。あとで、匂《にお》いを嗅《か》がせてあげるね。

17
戦争をしない軍隊で、平和のために働く。

カミラ・サクラ・スミス・ヘルナンデス（アメリカ・33歳《さい》）

——翌日《よくじつ》、イザベラのお母さんに話を聞かせてもらった。イザベラから「ぜひ、ママの話も聞いて」と言われて、本人に尋《たず》ねてみたところ「もちろん、いいですよ！」と、言ってくれた。アメリカは移民国家《いみんこっか》で、実にさまざまな国から、人々が集まってきているわけだが、カミラさんが日本に縁《えん》のある人だったとは！

こんにちは、会えてうれしいです。

あ、きのうも会ってるから、また会えたね、だね。

あらためまして、わたしの名前はカミラです。

きのうは、わたしの娘《むすめ》のイザベラにインタビューをしてくださって、ありがとうございました。

すごく楽しかったみたいですよ。

「どんなお話をしたの」と、ゆうべ尋《たず》ねてみましたけれど「ママには秘密《ひみつ》!」って、言われてしまいました。

いったいどんな秘密《ひみつ》だったのでしょうね。


さて、わたしの名前がなぜ四つもあるのか、について、ご興味《きょうみ》を抱《いだ》いてくださって、ありがとうございます。

これはアメリカでは、さほど珍《めずら》しいことではありません。

アメリカ以外の国ではどうなのかな。それについては、あなたのほうがよくご存《ぞん》じかもしれませんね。

カミラはファーストネームで、サクラはミドルネームです。ミドルネームを日常生活《にちじょうせいかつ》のなかで使うことは、ほとんどありません。飾《かざ》りみたいなものかしら。

サクラは、わたしの曽祖父《そうそふ》と曽祖母《そうそぼ》が日本からの移民《いみん》だったことと関係しています。両親は、わたしが生まれたとき、わたしのルーツは「日本」である、ということを、名前として残してくれたのです。日系移民《にっけいいみん》だった曽祖父のファミリーネームは、モリカワだったそうです。曽祖母は、サクラ・モリカワ。彼女《かのじょ》の名前をわたしがもらった、というわけです。

スミスは、わたしの父の名前。

わたしのファミリーネームです。

ヘルナンデスは、わたしが結婚《けっこん》した最愛のパートナー、マリアのファミリーネームです。

彼女《かのじょ》はラテン系《けい》アメリカ人です。彼女の両親や親戚《しんせき》は、南米のエクアドル共和国に住んでいます。母国語はスペイン語。祖先《そせん》をさかのぼれば、彼女はスペインからやってきた入植者の子孫ってことになります。

アメリカではこのように、ふたりが結婚《けっこん》すると、ふたつのファミリーネームをくっつけて名乗る人がいます。名前には、その人のバックグラウンドが刻《きざ》まれているから、これはその人の「歴史」みたいなものですよね。


マリアとわたしは、ふたりとも二十代だったころ、アメリカ軍で軍人として働いていたときに、知りあいました。

マリアは、わたしの属《ぞく》していた部隊に、衛生《えいせい》・看護兵《かんごへい》として、派遣《はけん》されてきたのです。

ほとんどひと目で、恋《こい》に落ちました。

まさに、ノックアウトされたって感じでしたね。

マリアはシングルマザーで、任務中《にんむちゅう》はイザベラを両親に預《あず》けて仕事をしていました。除隊後《じょたいご》は、なんらかのお店を経営《けいえい》したい、と考えていたようです。

彼女《かのじょ》は料理が大好きで、得意《とくい》なので、レストランかカフェみたいなお店が開きたかったようです。

一方のわたしは、軍での仕事を終えたら、奨学金《しょうがくきん》をもらって大学院へ入り、そこで「アジア研究」を専攻《せんこう》することにしていました。日本語の勉強もしたいと思っていました。

じゃあ、その大学町で、チョコレートのお店を開きましょう、というのはマリアのアイディアで、それは大成功しました！

ごらんのとおりです。

そのココア、とびっきり、おいしいでしょう？

ほっぺが落ちそうですか。

まさに、ノックアウトされたって感じでしょ。

ええっと、世界平和について、元軍人としてどう思うか、ですね。

良い質問《しつもん》をしていただきました。

お答えいたします。

軍で働くことは、英語では「サービス」と表現《ひょうげん》されています。国に対するサービス、つまり、国に奉仕《ほうし》すること。

軍人というのは、ひとつのりっぱな職業《しょくぎょう》です。

だって、自分の生命を、国のために捧《ささ》げるんですからね。献身的《けんしんてき》な職業《しょくぎょう》の代表である、と言っても過言《かごん》ではないでしょう。

戦争反対を人々が叫《さけ》ぶとき、じゃあ、この世から軍隊がなくなれば、戦争はなくなるのか、というと、決してそんなことはないと、わたしは思っています。

たとえば、アメリカから軍隊がなくなったら、たちまちのうちに、武力《ぶりょく》で他の国々を侵略《しんりゃく》しようとするような国が出てきて、各地で争いがくり返される世界になってしまい、平和どころの騒《さわ》ぎではなくなることでしょう。

もちろん、軍人は、武器《ぶき》を持って戦場へ行き、そこで人を殺したり、殺されそうになったりすることもあります。

ありますが、その一方で、軍隊とは、自然災害《しぜんさいがい》が発生したとき、救助《きゅうじょ》に駆《か》けつけたり、紛争国家《ふんそうこっか》から逃《のが》れてきた難民《なんみん》の安全を守るために、いち早く行動したり、そういう人助けの役目を果たす存在《そんざい》でもあります。

大学院で「アジア研究」をしていたので、日本の平和憲法《へいわけんぽう》について、さまざまなことを学びました。

何をさておいても「戦争を永久《えいきゅう》に放棄《ほうき》する」と、憲法で定めている日本はとてもすばらしい、と、わたしは思いました。

けれども、現実《げんじつ》はどうでしょうか。

日本は平和国家である、と断言《だんげん》していながらも、自衛隊《じえいたい》という、非常《ひじょう》に強力な軍隊を有していますし、アメリカ軍との合同演習《ごうどうえんしゅう》もおこなっていますし、武器製造《ぶきせいぞう》や共同開発も積極的におこなっています。

でもそれは、かつてのように、他国を侵略《しんりゃく》、支配《しはい》するためではない。

そうですよね？

わたしは戦争は大きらいです。

戦争には反対です。

戦争は金輪際《こんりんざい》、起こしてはなりません。

戦争をなくすためには、外交努力が必要です。

政治家《せいじか》に、きちんと働いてもらわなくてはならないのです。

平和のために、命を投げ出す覚悟《かくご》ができている人を、政治家《せいじか》に、選ばなくてはなりません。そのためにも、若《わか》い人たちには、選挙に行きなさい、と、わたしは声を大にして言いたいですね。

そしてさらに、戦争のからくりというか、戦争を成り立たせている仕組みを、若《わか》い人たちにしっかりと学んでほしい。

戦争は、戦争という産業によって、成り立っています。そう、お金がからんでいるのです。お金が戦争を起こさせている、とも言えるでしょうか。

戦争の背後《はいご》には「戦争株式会社《せんそうかぶしきがいしゃ》」が存在《そんざい》しているのです。

軍人が職業《しょくぎょう》であるように、武器製造《ぶきせいぞう》、実験、開発もまた、重要な産業になっています。その産業に従事《じゅうじ》している人たちもまた、間接的《かんせつてき》に戦争にかかわっているわけです。

インターネットと同じように、戦争もまた、望むと望まざるとにかかわらず、わたしたちの生活のなかに、網《あみ》の目《め》のように張《は》り巡《めぐ》らされています。平和国家だと自称《じしょう》している日本も例外ではないはずです。

それでも、そういう戦争の仕組みを理解《りかい》した上で、やはりわたしたちは「戦争反対！」と叫《さけ》びつづけなくてはなりません。

わたしの夢《ゆめ》ですか。

それは、もちろん、世界平和です。

もうひとつ、これは、夢《ゆめ》みたいな夢じゃなくて、実現可能《じつげんかのう》な夢ってことですが、家族三人で、日本へ旅行すること。

いつか、かならず行ってみたいんです。

日本は、わたしのルーツですからね。

わたしという人間はどこからやってきて、これからどこへ行くのか。

その答えが日本で、見つかるような気がするのです。

◆あなたの好きな木は？

もちろん桜《さくら》です。チェリーですね。昨年の四月に、三人で、ワシントンDCの桜を見に行ったのですが、それはもう想像《そうぞう》をはるかにこえて美しかった。まるで「桃源《とうげん》郷《きょう》」のようでした。ワシントンDCの桜は、太平洋戦争よりも前に、日米友好のあかしとして、日本から贈《おく》られたもの。それが今も見事に咲《さ》いています。平和って、ほんとにほんとにたいせつです。この世界が平和でなかったら、桜を愛《め》でることもできなくなります。

エピローグ
――いつか、また、きっと

ついに、このページまで、たどりついたようですね。

『地球人インタビュー』を最後まで読んでくださって、ありがとう。

みなさんがこの本を読んでくださったこと、とてもうれしく、とても光栄なことだと思っています。

楽しい旅でした。

とちゅうで、病気になったり、道に迷《まよ》ったりしたこともあったけれど、日本からアメリカまでたどりつき、そうして、アメリカから日本へ、地球をひとまわりして、無事、戻《もど》ってくることができました。

いろんな国に住んでいる人たちの話を聞くことができて、ほんとうに良かった。

今まで知らなかったことをたくさん、知ることができました。

いろんな人がいろんな場所で、いろんな仕事をしながら、いろんなことを考えながら、悩《なや》みながら、悲しみながら、喜《よろこ》びながら、生きているのだなぁ、と思いました。

みなさんは今、どんな感想を抱《いだ》いているでしょう。

なぜ、十七人の人たちが登場しているのか、わかりましたか。

ふり返ってみると、世界の子どもたちは、みんな、それぞれに、素直《すなお》で、前向きで、努力家で、明るい子たちばかり。

大人からも、子どもからも、たくさんの人たちの話を聞いたけれど、ひとつだけ、共通していることがありました。

それは、地球に住んでいる人たちはみんな、たったひとりの例外もなく、地球の平和を願っている、ということです。

平和を築《きず》くためには、どうすればいいか。

人間たちがなかよくして、自然や自然界の生き物を、人と同じように、たいせつにしなくてはならない。

地球人たちはみんな、そう考えているのだ、ということがよくわかりました。
もちろんぼくもそのひとりです。
最後にもうひとつ、ぼくからみなさんへのメッセージを。
十七人全員に尋《たず》ねた質問《しつもん》——「あなたの好きな木は」を思い出してください。
十七人があげてくれた木を、心のなかで、思《おも》い浮《う》かべてみてください。
肘掛《ひじか》け椅子《いす》に座《すわ》ったまま、その木を一本ずつ、植えてみてください。
さあ、どんな森ができあがったでしょうか。
それがあなたの「地球の森」です。
あなただけのその森を、たいせつに育ててくださいね。
いつか「地球の森」で、会いましょう。
いつか、また、きっと。

——すべての原稿《げんこう》を書きあげた朝、夜明けの空を眺《なが》めながら

有海旅人《ありうみたびと》

◆ぼくの好きな木は？

マウンテンローレル。別名はアメリカシャクナゲ、日本では、カルミアとも呼《よ》ばれている。いつの年だったか、アメリカの東海岸を旅しているときに、森で、野生のマウンテンローレルが群れて咲《さ》いているのを見たことがあって、その美しさに息をのんだ。小さな白い花が集まって、ひとつのまんまるい形を作っている。六月だった。森の底がぼーっと白く染《そ》まっているように見えた。調べてみると、マウンテンローレルの根は、横へ横へと広がっていくらしい。だから、森を覆《おお》い尽《つ》くすようにして咲いていたんだな。木には、ぼくらの目に見えている部分と、目には見えていない部分があって、その見えていない部分こそが木の性格《せいかく》であり、木の生き方なんだな。元気のいい木は根から吸《す》いあげた栄養を、元気のない木の根にからみつくことによって分《わ》け与《あた》えている、という話を読んだことがある。木は地球の命そのものだと思った。ぼくらが木から学ぶべきことは、無限《むげん》にある。

この作品は、書き下ろしのフィクションです。登場人物は、実在の人物とはいっさい関係がありません。なお、本作に出てくる各国の事情については、現在（２０２４年）の事情とは異なっている箇所もあります。各国の正式名称は、見返しの世界地図に記しました。

【主な参考文献】

『死ぬまで、働く。』池田きぬ 著（すばる舎）［２（日本）］
『枯葉剤は世代をこえて　ベトナム戦争と化学兵器の爪痕』
亀井正樹 文・写真（新日本出版社）［４（ヴェトナム）］
『たまたまザイール、またコンゴ』田中真知著（偕成社）［９（コンゴ）］

また、［３（日本）］の執筆にあたって、文藝春秋の曽我麻美子さんから、主にバルカン半島に関するお話を聞かせていただきました。

ここに記して、謝意を表します。

小手鞠るい（こでまり・るい）

1956年岡山県備前市生まれ。同志社大学法学部卒業。1992年からニューヨーク州在住。一般文芸、児童書、共に著書多数。本作に登場する有海旅人さんと同じで、旅が大好き。初めての外国旅行は二十四歳のとき、弟といっしょに訪ねたパリとウィーン。以後、旅をした国は、オーストラリア、シンガポール、香港、タイ、インド、インドネシア、フィリピン、スリランカ、スペイン、ポルトガル、ギリシャ、イタリア、アイルランド、トルコ、イギリス、スコットランド、モロッコ、メキシコ、コロンビア、ペルー、コスタリカ、エクアドル、グアテマラ、ニカラグア、ドミニカ国など。夢はアメリカ五十州をすべて旅すること。アフリカ大陸へ行ってライオンを見ること。趣味は登山とランニングと園芸。

イラスト……エヴァーソン朋子
装幀…………大岡喜直（next door design）

あなたの国《くに》では

2024年6月12日　第1刷発行

著　者……小手鞠《こでまり》るい
発行者……佐藤洋司
発行所……さ・え・ら書房
東京都新宿区市谷砂土原町三丁目1番地（〒162-0842）
電話03-3268-4261　FAX 03-3268-4262
印刷所……光陽メディア
製本所……東京美術紙工

ISBN978-4-378-01566-8　C8093

小手鞠るいの本

サステナブル・ビーチ

小手鞠るい 作　カシワイ 絵

「サステナブル・ビーチ」——永遠につづいていく、すべての生き物たちのための、きれいな海辺。
たったひとつしかない海を守るために、ぼくにできることが何か、あるはずだ！
少女との約束を胸に、ひたむきに、けんめいに、夢中になって行動した、七海少年12歳ひと夏のストーリー。

第33回読書感想画中央コンクール指定図書

母の国、父の国

小手鞠るい 作

少女は、この国で、目立った。そのために、のけものにされたり、けなされたりすることもあった。壮絶ないじめに耐えつづけた小学生時代。世間にプライドを踏みにじられた中学生時代。うそと裏切りにまみれた恋に苦しみ、母に対する憎しみを覚えた高校生時代。苦悩の海を越え、絶望の果てに訪れたその国で、少女を待っていたものは———。

第35回読書感想画中央コンクール指定図書